ACCRO

TATOUEURS CHICAGO SUD

Chelle Bliss
MENOFINKED.COM

MENTIONS LÉGALES

Édition : Bliss Ink & Chelle Bliss
Publié le 2021
Éditeur : Silently Correcting Your Grammar
Traduit de l'anglais par : Well Read Translations & Valentin Translation

CHAPITRE 1
ANGELO

COMMENT DIRE *au revoir prématurément à l'amour de sa vie ?*

— Je suis tellement fatiguée, murmure Marissa d'une voix si faible que je l'entends à peine.

Je prends sa main dans la mienne et la serre doucement, en essayant de ne pas lui faire mal.

— Ne t'inquiète pas, ma chérie, repose-toi.

La voir fermer les yeux est pourtant la dernière chose que je souhaite. Chaque instant qui passe est perdu à jamais, et la fin est proche.

Je n'aurais jamais cru me retrouver là, au chevet de ma femme, à échanger nos derniers mots une semaine avant son trentième anniversaire.

— Je reste auprès de toi.

Elle ferme les yeux et je repousse une mèche de cheveux de son visage.

Le jour où le médecin nous a annoncé que Marissa avait un cancer de stade quatre, le monde s'est effondré autour de nous. J'ai pris conscience de l'horreur qui nous attendait, de la réalité de ce qui allait nous arriver. J'ai bien compris que ses chances de survie étaient infimes, pourtant, j'ai espéré qu'elle passe à travers des mailles.

Rien n'aurait pu me préparer à tous ces mois de traitement ni à ces dernières heures passées à ses côtés, à la regarder s'éteindre à petit feu.

Dans ma famille, ils nous ont tous bien entourés, faisant de nous leur priorité depuis des mois. Ils voulaient qu'on garde toutes nos forces pour lutter contre le cancer qui faisait rage en elle. Ils se sont occupés de tout le reste, et surtout des enfants.

Mon Dieu.

Les enfants.

Chaque fois que je regarde leurs petits visages innocents, je réalise tout ce que Marissa va manquer, tout ce qu'ils vont manquer, et je suis complètement dévasté.

Les anniversaires. Les bobos que seuls les bisous de maman peuvent soigner. Les premiers amours et les peines de cœur. Les diplômes. Les mariages. Tous les événements marquants, les petits comme les grands, auront lieu sans Marissa. Je vais devoir être un père et une mère, faire preuve de force et de tendresse et guider mes enfants sans elle à mes côtés. Ça me terrifie.

Je ne suis pas sûr d'en être capable. En ce moment, c'est à peine si je peux m'occuper de moi. Je passe mon temps à me faire du souci pour elle et pour l'avenir des deux petits êtres qu'on a mis au monde pour les élever ensemble. Je n'avais pas imaginé une seule seconde que l'un de nous pourrait ne pas être là pour les voir devenir adultes.

J'essaie de retenir mes larmes. Je voudrais être fort pour accompagner ma femme, elle qui lutte contre la douleur dans les dernières heures de sa vie tout en essayant de nous consoler. Elle a toujours fait passer les autres avant elle. Alors que le cancer détruisait son corps, elle s'appliquait à montrer aux enfants l'étendue de son amour pour qu'ils sachent que même quand elle n'était pas près d'eux pour les embrasser, même de loin, elle veillait sur eux et les aimait.

Elle a toujours été altruiste. C'est ce qui m'a fait craquer pour elle, cette faculté d'aimer et de donner sans condition et sans rien attendre en retour. Je l'aime du plus profond de mon être et j'ai fait tout ce que j'ai pu pour être le meilleur mari possible – celui qu'elle méritait. Mais quelle que soit la force de mon amour, je ne peux pas empêcher la mort de l'emmener loin de moi... de nous.

Je pleure sa mort depuis des mois, comme si elle était déjà arrivée. C'est une des saloperies qui va avec le cancer : le deuil commence bien avant la fin de la vie. Il commence dès l'instant où l'on entend le diagnostic.

Même s'il y a une petite lueur d'espoir à laquelle vous vous accrochez pour croire à une rémission, il y a toujours une part de votre cœur et de votre esprit qui sait très bien comment ça va se finir et qui vous fait vivre dans une peur permanente.

Je vis depuis des mois avec une douleur constante au fond de ma poitrine. C'est comme si mon cœur brisé en mille morceaux me déchirait de l'intérieur. Et dans le même temps, mon esprit meurt petit à petit, parallèlement à l'agonie de ma femme.

À mesure que Marissa s'éloigne de la vie, ma faculté d'aimer part avec elle. Le jour où j'ai prononcé les mots « jusqu'à ce que la mort nous sépare », je ne m'attendais pas à ce que ma femme parte en premier, et encore moins si tôt.

Je pensais qu'on avait des décennies devant nous. Toute une vie pour se fabriquer des souvenirs, élever nos enfants et s'aimer. Je nous imaginais vieillir ensemble et mourir de vieillesse à quatre-vingt-dix ans passés, mais sûrement pas maintenant.

Pas si jeunes.

Je n'ai pas quitté la chambre d'hôpital depuis une semaine, mis à part quelques heures pour prendre une douche, changer de vêtements et voir un peu les enfants.

Le jour où Marissa n'a plus quitté son lit, j'ai tout mis de côté pour rester avec elle. Je savais que les enfants avaient besoin de moi, mais aussi que j'aurais toute la vie pour être avec eux, alors que le temps qu'il me reste à passer avec mon grand amour se compte en jours ou en heures.

— Je vous laisse tous les deux, dit ma mère en pressant mon épaule dans sa main.

J'avais presque oublié qu'elle était dans la chambre. Elle était si discrète, contrairement à ses habitudes.

Je me penche au-dessus du lit et regarde le bracelet au poignet de Marissa en essayant de cacher mes larmes.

— Je serai juste là, dehors, ajoute Ma en se tenant à mes côtés.

Je lève les yeux sur Marissa en essuyant mes larmes avant qu'elle puisse les voir.

— Merci, Ma, dis-je d'une voix qui se brise sur le dernier mot.

Je ne peux plus contenir mes émotions. Depuis des mois, je fais tout pour rester fort, pour ne pas me laisser aller, sauf en privé. Mais à présent que le compte à rebours s'accélère, je ne peux plus cacher ma douleur.

Ma mère passe devant moi et se penche pour venir poser

ses lèvres sur le front de Marissa, tout comme elle le faisait pour mes frères, ma sœur et moi quand nous étions enfants.

— Mon amour, murmure Ma dans un souffle en fermant les yeux pour retenir ses larmes. Repose-toi, maintenant, ma toute belle. Je t'aimerai pour l'éternité.

C'est un adieu.

Ma mère sait que la fin est proche. Le moment que je redoute approche et il n'y a rien que je puisse faire pour l'en empêcher.

Pour la première fois de ma vie, je ne contrôle plus rien. Je suis totalement impuissant.

Des larmes coulent de part et d'autre du visage de Marissa quand elle murmure avec difficulté :

— Je t'aime, Mama.

Je ferme les yeux en essayant de graver son image dans ma mémoire. J'aimerais tant pouvoir donner ma vie pour sauver la sienne. Je ferais n'importe quoi pour être dans ce lit à sa place, pour prendre sa douleur et lui donner une autre chance de vivre.

Ma femme le mérite. Je suis son mari et en tant que tel, je suis censé la protéger.

J'ai échoué misérablement.

Je voudrais revenir en arrière, revivre chaque instant, chaque baiser, chaque jour, savourer chaque seconde au lieu d'avoir perdu des heures entières à consulter des médecins et faire des chimiothérapies pour essayer de la sauver.

Elle s'est battue pour moi.

Elle s'est battue pour les enfants.

Elle s'est battue pour notre avenir.

Mais en vain : toutes les forces qu'elle a déployées pour essayer d'enrayer la croissance du cancer ont été vaines. Il n'y a pas eu la moindre amélioration. Ce qu'on redoutait le plus est arrivé, nous conduisant à cet instant même. À ce lieu. À cette fin tragique.

On se regarde en silence tandis que ma mère quitte la pièce en refermant la porte derrière elle. Marissa est tellement frêle, allongée sur ce lit d'hôpital après des mois de traitement. Elle a la peau sur les os. Tout son corps est ravagé par le cancer et les poisons qu'on lui a injectés pour essayer de gagner un peu de temps sans parvenir à la sauver.

— Il ne me reste pas beaucoup de temps, dit Marissa d'une voix aiguë. Tu dois m'écouter.

Elle serre ma main avec le peu de force qu'il lui reste.

Je ne peux pas supporter la distance entre nous. Assis sur une chaise à côté d'elle, je suis trop loin. Je me glisse sur le lit pour venir m'allonger contre elle, sur le flanc, en prenant soin de ne pas lui faire mal. Elle tente de se rapprocher mais n'a plus assez d'énergie. Je l'attire contre moi.

Elle lève son regard vers moi, la tête appuyée sur mon bras, et ses yeux transpercent mon âme. Je ne peux pas la quitter des yeux. Je m'imprègne de ces instants, parce que je ne sais pas combien de fois je pourrais encore la tenir dans mes bras.

— Tu n'es pas obligée de parler. Je t'aime, ma belle. Je t'aime plus que tout au monde, lui dis-je en trouvant le moyen de parler malgré ma gorge nouée par l'émotion.

— Angelo, murmure-t-elle, et je me demande si c'est la dernière fois que je l'entends prononcer mon nom.

Elle passe sa langue sur ses lèvres craquelées de sécheresse. Je me penche pour attraper la bouteille d'eau près du lit mais elle m'arrête.

— Écoute-moi.

J'acquiesce en silence.

Je ne peux pas parler.

— On sait tous les deux que je vais mourir, dit-elle comme si elle avait accepté cette réalité que je refuse d'admettre.

— Mon cœur, dis-je en la tenant contre moi, une main sur l'os saillant de sa hanche et l'autre dans son dos, complètement désarmé. Ne dis pas ça.

On n'a jamais prononcé ces mots-là à voix haute. Les dire les rend réels, et même en cet instant où elle ne respire presque plus, j'ai du mal à les croire.

— Il faut que tu me promettes...

Elle se met à tousser et je retiens mon souffle, priant pour qu'elle tienne encore un peu.

Mon estomac se tord et j'ai mal dans la poitrine ; je sais que le pire n'a pas encore commencé. Je lui dis :

— Peut-être que tu ne devrais pas parler, mon amour. C'est trop difficile.

Les larmes qui semblent avoir attendu de couler depuis des mois se mettent à rouler sur mes joues, mais je refuse de lâcher ma femme pour les essuyer.

— Promets-moi d'aimer encore, me supplie-t-elle.

— Je ne peux pas, dis-je à voix basse.

— Promets-le-moi, Angelo. Je veux que nos enfants aient une mère et que tu aies une femme. Je ne peux pas quitter ce monde en sachant que vous resterez seuls.

J'essuie les larmes sur ses joues et prends tendrement son visage dans mes mains.

— Personne ne pourra te remplacer. Personne. Je ne pourrai jamais aimer quelqu'un comme je t'ai aimée.

— *Promets-le-moi*, supplie-t-elle à nouveau, brisant mon cœur en mille morceaux. *J'ai besoin de partir en paix.*

— *Je te le promets, Marissa.*

Je suis un salaud de mentir à ma femme sur son lit de mort, mais comment peut-elle imaginer que je sois un jour capable de retomber amoureux ?

Marissa soupire comme si le poids du monde entier venait de lui être enlevé des épaules. Elle enfouit son visage dans ma poitrine comme elle le fait tous les soirs avant de s'endormir. Je la serre contre moi avec délicatesse et prie en silence pour un miracle de dernière minute.

— *Je t'aime, je t'aime...*

Je le murmure en boucle, encore et encore, incapable de m'arrêter. Je la berce doucement dans mes bras, m'imprégnant de l'odeur et de la douceur de sa peau. Je mémorise chaque centimètre de son corps et son parfum, les gravant à l'intérieur de moi pour les moments à venir où je ne pourrai plus le faire.

Son corps s'immobilise et je n'entends plus sa respiration. Mon cœur s'arrête de battre et je retiens mon souffle, à l'affût du moindre signe de vie prouvant que ma femme est encore avec moi.

Elle émet une longue et tremblante expiration.

— *Marissa*, dis-je en relâchant mon étreinte afin de voir son beau visage. *Mon amour...*

Son regard est glacé. Elle respire à peine et ne bouge pas. Elle regarde dans ma direction, mais c'est comme si elle voyait à travers moi.

— *Marissa*, dis-je un peu plus fort sous l'effet de la panique, mais elle ne cille même pas. *Je t'aime...*

Je refoule le besoin de crier à l'approche de cette fin qui

n'a jamais été si proche. Je regarde encore ses beaux yeux bleus un moment, priant pour qu'elle me voie et qu'elle puisse en retirer quelque réconfort.

— Tu es tout pour moi.

J'ai envie de lui dire de ne pas partir, mais ce serait égoïste. Son corps se referme et elle s'apprête à laisser la souffrance derrière elle, contrairement à moi.

Je ne le pourrai jamais.

Je pose mes lèvres sur son front en fredonnant la chanson de notre mariage. C'est la seule chose à laquelle je puisse me raccrocher pour ne pas devenir fou en prenant finalement conscience qu'elle ne s'en sortira pas.

Elle me quitte.

Sa respiration change à nouveau au moment où son corps se débat contre la mort dans une bataille perdue d'avance. Ses poumons se remplissent d'air avec un bruit mécanique et elle n'expire presque pas. Sa respiration est plus violente et effrayante que je n'aurais pu imaginer.

— Mon amour, tu peux partir. Je te promets de t'aimer pour toujours et de te rendre fière. Je veillerai sur nos bébés et prendrai soin d'eux.

J'arrive difficilement à prononcer ces mots sans perdre mes moyens. J'ai la tête qui tourne et le monde entier s'effondre autour de moi de la manière la plus horrible qui soit.

Je murmure encore « je t'aime » parce que je ne le dirai jamais assez.

À l'instant de son dernier souffle, une partie de mon cœur s'éteint pour toujours.

CHAPITRE 2
ANGELO

— IL FAUT QUE TU SORTES, papa.

Tate grimpe sur mes genoux, me cachant le match de foot qui passe à la télé. Elle prend mon visage dans ses mains minuscules et m'oblige à la regarder pour me parler d'un sujet que j'évite depuis bien trop longtemps.

— Tu m'écoutes ?

Elle ressemble tellement à Marissa : pleine de vie, un peu insolente et carrément autoritaire. Si je ne la connaissais pas, je lui donnerais deux fois son âge. La mort de Marissa l'a fait grandir trop vite et malgré tous mes efforts, je n'ai pas pu alléger sa peine.

Je baisse les yeux sur elle et lui donne toute mon attention.

— Je t'écoute, ma petite chérie.

Elle incline la tête et on dirait qu'elle va me faire la morale.

— Brax a besoin d'une maman.

La violence de sa franchise me fait reculer la tête brusquement.

— Il en a une, lui dis-je en repoussant une mèche de cheveux de son visage, regrettant d'avoir ce genre de conversation avec elle.

— Elle n'est plus là, papa. Brax a besoin d'une mère, et moi aussi.

Ses mots me font l'effet d'un coup de couteau dans le cœur. Je suis incapable de parler. Je suis choqué d'entendre ma petite fille essayer de me remettre les pendules à l'heure. Elle appuie ses mains sur mes joues, déformant mon visage jusqu'à ce que mes lèvres s'ouvrent vers l'avant.

— Maman ne sera pas fâchée, tu sais. Elle veut que tu sois heureux. Il est temps que tu sortes à nouveau.

Cette enfant… Où va-t-elle chercher ça ? Bien que les larmes me montent aux yeux, je ne peux pas m'empêcher de rire.

— Qui a dit ça ?

— Tata Nee. Elle a dit que tu devrais te remettre en selle et reprendre les rênes. Je ne sais pas de quel cheval elle parle, dit Tate en ouvrant ses mains à plat sur les côtés et en haussant les épaules. Et puis, je ne sais pas où on le mettrait, mais j'ai toujours rêvé d'avoir un poney, papa.

Merci, Daphné.

— Oh, mon cœur…

Je n'ai pas le courage de lui expliquer que Daphné ne parlait pas d'un vrai cheval. Dans ma famille, les gens oublient souvent que même si les enfants sont petits, ils avalent chaque mot qu'ils entendent et les gardent en mémoire.

Elle approche son visage du mien.

— Je suis sérieuse, papa.

Mon Dieu, ce que j'aime ces moments avec elle. Je sais

qu'elle va grandir vite et qu'un jour elle me regardera à peine. Mais pour l'instant, elle me dévisage de ses grands yeux bleus qu'elle a hérités de Marissa et me fait complètement craquer.

— OK, Tate. Je verrais ce que je peux faire.

Elle m'embrasse de sa petite bouche mouillée en tirant mon visage vers elle.

— Tu me fais très plaisir, chuchote-t-elle en plongeant ses yeux dans les miens.

Il n'y a rien que je désire plus au monde que le bonheur de mes enfants. Ils sont ma raison de vivre ; sans eux, je serai enterré auprès de ma femme.

Je ne crois pas que j'aurais pu survivre à sa mort sans nos enfants. Je n'aurais sûrement pas été capable de sortir de mon lit, ou alors j'aurais fini alcoolique à noyer mon chagrin bouteille après bouteille pour ne plus rien sentir.

Tate recule, sa bouche en cul de poule couverte de salive. C'est la reine des baisers baveux. Mon Dieu, faites qu'elle le reste, histoire que les garçons ne viennent pas pleurer sous sa fenêtre dans dix ans.

— Je suis fatiguée, dit-elle en bâillant de façon très théâtrale, étirant ses bras à s'en faire trembler sur mes genoux. Emmène-moi au lit.

— Déjà ? Il est très tôt, ma puce.

Elle se laisse glisser de mes jambes jusqu'à ce que ses chaussettes touchent le sol.

— Allez, viens, dit-elle en me tirant par le bras.

Tate adore dormir. Si je la laissais faire, elle passerait la moitié de ses journées au lit. Elle ne tient certainement pas ça de moi.

— Quel pyjama veux-tu porter cette nuit ?

Je la soulève dans mes bras et la porte vers sa chambre.

— Celui avec les licornes, répond-elle en triturant le lobe de mon oreille comme elle le fait depuis toujours. Non ; avec les sirènes… Ou celui avec les arcs-en-ciel.

C'est notre routine du soir. Elle énumère tous les pyjamas de sa collection, incapable de faire son choix. Ça me va bien. J'aimerais qu'elle ait cet âge-là pour toujours et qu'elle continue à hésiter entre des licornes et des sirènes plutôt qu'entre différents garçons.

— Et que dirais-tu de mettre celui avec les princesses ?

Son visage s'illumine.

— Oui ! Les princesses ! Je veux les princesses, dit-elle en bondissant de joie dans mes bras.

Je la mets vite en pyjama, une tâche dans laquelle j'excelle depuis la mort de Marissa. Tate ne me simplifie pas la manœuvre ; en général, elle gigote, distraite, attirée par un quelconque objet brillant dans sa chambre.

Je fourre sa petite robe dans le panier de linge sale pendant qu'elle cavale en rond.

— Grimpe dans ton lit, je vais te lire une histoire.

Elle saute dans son lit et se glisse entre les draps.

— Je veux le livre du kangourou, me dit-elle, toujours aussi autoritaire.

Jusqu'à la dernière seconde avant de fermer les yeux, elle est à fond.

Je m'allonge à côté d'elle et attrape le livre du kangourou sur la table de nuit pendant qu'elle se love contre moi.

— Ferme les yeux, ma chérie.

Je commence à lire la première page, jusqu'à ce qu'elle me donne un petit coup dans la poitrine.

— Je t'aime, papa.

— Je t'aime aussi, ma puce.

Je l'embrasse sur le front. J'aimerais tant qu'elle ne grandisse jamais…

Dès qu'elle s'endort, je compose le numéro de Daphné. Je dois mettre les choses au clair avec elle. Même si ma sœur est bien intentionnée, il faut parfois lui rappeler à qui elle s'adresse et quelles répercussions ses paroles peuvent avoir.

— Quoi de neuf, Ang ? Je te manque ?

— Frangine…

— Quoi ?

— Il faut qu'on ait une petite discussion.

Elle soupire bruyamment, de façon dramatique.

— Je suis un buffet ambulant très occupé, en ce moment. Ce bébé ne fait que manger. Je te jure, si je mangeais autant, j'aurais un cul plus gros que la vieille Lady Benedetto. Qu'est-ce qui ne va pas, encore ?

— Tate t'a entendue dire que je devrais me remettre en selle.

Daphné ricane, s'amusant à mes dépens.

— Eh oui, tu devrais.

— Maintenant, elle veut un cheval, dis-je en grognant.

Le rire de Daphné éclate.

— Cette enfant voit grand ! On ne peut pas lui en vouloir, frérot. Elle est top !

Ben voyons…

— Frangine, ne lui fais pas miroiter des choses impossibles.

— Tu parles du cheval… ? Ou d'une petite amie ?

Je masse mes tempes pour essayer d'alléger la tension qui oppresse ma tête en permanence. Pourquoi est-ce que j'essaie d'avoir cette conversation avec Daphné ? Je savais bien qu'elle dirait ça. On en parle… non, elle me casse les oreilles depuis des mois avec ça.

— Des deux, dis-je en grinçant des dents.

— Ça fait quelques années que Marissa est partie, maintenant. Tu as besoin d'aimer à nouveau. Il est temps.

Il est temps ? Ma vie ne doit pas respecter un agenda ou le temps de cuisson d'une recette de cuisine. Il n'y a pas de règle en ce qui concerne le deuil. Je ne sais pas ce qu'ils ont tous, dans ma famille, à me dire qu'il est temps d'en sortir.

Je ne sais vraiment pas.

Ce que je sais, par contre, et du fond de mes tripes, c'est qu'en ce qui concerne ma vie, mes enfants et mon cœur, seule mon opinion compte.

Je lui réponds sèchement :

— J'ai déjà quelqu'un.

— Angelo, je t'aime, mais il serait peut-être bon que tu ouvres ton cœur à nouveau. Marissa n'aurait pas voulu que tu restes seul.

— Je sais, dis-je en prenant ma tête dans mes mains, repensant aux paroles de ma femme et à la promesse que je lui ai faite. Mais je ne suis pas prêt.

— Je ne pense pas que tu le sois un jour. Mais n'attends pas trop longtemps, c'est tout. Je te jure que j'ai vu un cheveu gris sur ta tête la semaine dernière.

— Je t'emmerde.

Ça fait partie de sa mission dans la vie, de me harceler comme elle le fait. Quelle extraordinaire casse-couilles ! Elle est pire que ma mère.

— Bref, tu fais de la merde avec Michelle depuis bien trop longtemps. Ça ne marchera jamais entre vous. Il est temps pour toi de trouver quelqu'un avec qui tu puisses avoir une vraie relation.

— Quoi ? dis-je en fixant le téléphone la bouche ouverte, me demandant comment elle est au courant de ça. Je ne vois pas de quoi tu parles.

— Oh, s'il te plaît, Angelo. Je ne suis ni débile ni aveugle. Je sais que vous sortez ensemble depuis quelques mois.

— Eh bien…

Je croyais qu'on avait été discrets, Michelle et moi, sur notre pseudo-liaison, et que ma famille n'y avait vu que du feu, ma sœur comprise.

Je me suis clairement fourré le doigt dans l'œil.

— C'est ma meilleure amie, idiot. Tu crois que je ne remarque rien ?

— Il ne s'est jamais rien passé de sérieux, Daphné.

— Tu as couché avec elle, n'est-ce pas ?

— Je n'ai pas envie d'en parler.

— Michelle est partie en Californie depuis une semaine. Ton histoire avec elle est terminée. Pour te remettre en selle, il faut que tu trouves le bon cheval.

— Mais de quoi est-ce que tu parles, bordel ?

— À toi de le découvrir. Il faut que j'y aille. Sors-toi la tête du cul avant que le reste de ta vie te passe sous le nez. Fais de beaux rêves, conclut-elle, et elle raccroche avant que j'aie pu répondre.

Je lance doucement le téléphone sur la table basse et me rejette en arrière, prenant mes aises dans le canapé pour regarder la fin du match. Mais toutes les actions qui défilent me semblent confuses.

Je n'arrête pas de penser à ce que m'a dit Daphné.

Les derniers mots échangés avec Marissa tournent en boucle dans ma tête avec la promesse que je lui ai faite de retrouver le bonheur. Je m'en suis rapproché avec Michelle, mais chaque fois que je la touchais, je me sentais tellement coupable...

Il n'a jamais été question pour nous d'avoir une liaison sérieuse. Je lui ai frotté le dos et elle m'a frotté le dos... enfin, vous voyez ce que je veux dire. Mais elle avait déjà prévu de déménager en Californie pour s'occuper de sa mère qui se bat contre les manifestations d'un Alzheimer précoce depuis quelques années.

Son départ ne me fend pas le cœur. J'aime bien Michelle, bon sang, je l'aime tout court, même. Elle fait partie de ma vie depuis qu'on est tout petits et il est difficile de ne pas avoir de sentiments pour elle. Mais ça n'a rien à voir avec l'amour que j'avais pour Marissa.

Je n'arrive pas à tourner la page. Le souvenir de ma femme et l'amour que j'ai pour elle sont aussi forts dans mon cœur qu'au jour de son dernier souffle.

CHAPITRE 3
ANGELO

— VOILÀ ce que devient le quartier.

Carlos, un habitué d'*Accro & Tumulte* se hisse sur le tabouret de bar.

— Tu as vu le boui-boui d'à côté ? me demande-t-il en pointant son pouce vers la fenêtre et en secouant la tête.

Carlos a l'air tout droit sorti d'un centre d'hébergement et de réinsertion sociale. Pourtant, il a de l'argent, mais il refuse de bien s'habiller et préfère ressembler à un pauvre type plutôt que de montrer qu'il a les moyens.

J'attrape un verre propre sous le comptoir. Je sais ce qu'il va prendre sans qu'il ait besoin de le dire. Je lui réponds :

— Ça va aller.

Tous les anciens pensent que le quartier va s'effondrer dès qu'un nouveau magasin ou qu'un restaurant chic ouvre ses portes. Tout ce qu'ils voient comme une menace pour leur monde à eux, je le vois comme un progrès et un atout pour la communauté. Tout est toujours négatif, avec eux. Et quand ils ne se plaignent pas du quartier, ils ressassent leur bon vieux temps qui, d'après mes souvenirs, n'était pourtant pas tout rose.

Carlos me dévisage le plus sérieusement du monde en ouvrant grand les bras.

— Quand même, qui a b'soin d'un putain de magasin de cupcakes ?

— Je préférais quand il y avait des maquereaux et des putes à tous les coins de rue, intervient Wally, un couillon beurré, comme s'il n'y avait rien de plus normal au monde. Ça, c'était le bon vieux temps ! Et la seule Cupcake que j'aimais était celle qui me faisait une pipe pour cinq dollars sans rechigner.

Wally doit avoir dans les soixante-dix ans. Dans le temps, il avait une gentille femme et était à peu près normal. Mais il y a environ dix ans, son épouse l'a surpris en train de sauter la bonne et l'Enfer s'est déchaîné. Elle l'a plumé jusqu'au dernier centime et l'a quitté en ne lui laissant que les habits qu'il portait – et ses chlamydias reçues de la part de la bonne en cadeau d'adieu.

— Oh, mec… dis-je en grimaçant, écœuré à l'idée d'une pute édentée et droguée s'agenouillant dans l'allée pour lui faire une pipe à cinq dollars. T'es complètement taré, Wally.

Carlos se tourne pour lui faire face, le regardant de son œil gauche tandis que le droit est encore sur moi.

— Tu sais que Cupcake était un homme, pas vrai, Wal ?

D'habitude, je ne fais pas attention à l'amblyopie de Carlos, mais dans des moments pareils, elle ne peut pas passer inaperçue. Je ne sais plus quel œil regarder. Je n'ai aucun moyen de le deviner et il se garde bien de m'aider, comme s'il gardait le secret rien que pour se payer ma tête – et pour cette seule raison, je l'adore.

Wally rejette la tête en arrière.

— Quoi ?

Carlos éclate de rire en donnant une claque sur le comptoir, tombant presque à la renverse.

— Je pensais que c'était moi qui ne voyais rien ! Allez, mec, Cupcake avait une barbe de trois jours et une poitrine plate.

Wally plaque une main sur sa bouche et son visage tourne au vert.

— Tu mens, souffle-t-il dans sa main.

— Quel était le vrai nom de Cupcake, alors ? demande Carlos en haussant un sourcil au-dessus de l'œil qui est braqué sur Wally.

Wally se frotte le menton en silence pendant quelques secondes avant de déclarer :

— Terri.

— Et voilà, conclut Carlos en se redressant, conscient d'avoir pourri la journée de son pote. Tu t'es fait tailler de sacrées bonnes pipes par un mec, mon gars.

— Je ne suis pas gay ! s'exclame Wally comme s'il avait besoin de se justifier, ce qui n'est pas le cas.

— Personne n'a dit que tu l'étais, abruti. Mais si Cupcake était la pute la moins chère du quartier, c'était pas sans raison.

Carlos est très fier de lui et ne fait rien pour cacher sa jubilation devant le supplice de Wally.

— Eh ben merde… chuchote Wally, prenant finalement conscience que son plan pipe à deux sous n'était pas une si bonne affaire.

Johnny passe la porte d'entrée, flanqué de deux gardes du corps.

— Vous avez vu la putain de gargote à côté ?

Il fait un mouvement du menton vers ses hommes qui vont lentement se poster près de la porte pour surveiller l'entrée.

Je regarde l'écharpe autour de sa poitrine tenant son avant-bras toujours plâtré et lui demande :

— Comment va ton bras ?

La balle qu'il a reçue lui a brisé le radius et le cubitus en mille morceaux et l'a laissé dans un piteux état, mais heureusement, il n'y a pas eu besoin d'amputer.

— Toujours en miettes, répond Johnny en haussant les épaules avant de venir s'asseoir près de Carlos. Mais je suis bel et bien vivant.

— Putain de veine, marmonne Wally derrière son verre de bière.

— Ils ont chopé les voyous qui t'ont fait ça, au moins ? demande Carlos à Johnny sans le regarder.

— Des nazes qui ont choisi de carjacker la mauvaise personne. Ils se sont fait attraper parce que j'ai tiré dans le cul de l'un d'eux quand ils essayaient de s'échapper, raconte Johnny en riant tout en me prenant sa bière des mains avant que j'aie pu la poser sur le comptoir. Le truc le plus drôle que j'aie jamais vu.

Je les regarde tous les trois ; ils sont tous célibataires, assis au comptoir d'un bar en plein après-midi. Aucune femme ne les attend chez eux.

Un jour, si je ne fais pas attention, ce sera moi, assis sur ce tabouret de bar à déblatérer des conneries. Les enfants viendront sûrement rendre visite à leur vieux de temps en temps, mais il n'y aura plus rien pour me faire avancer d'un jour à l'autre.

— Pour en revenir à la boutique d'à côté… dit Johnny en

essuyant la mousse de sa moustache. Est-ce que vous avez vu le cul de la bombe qui bosse dedans ?

D'un côté, j'aime bien ces gars, mais ils sont vraiment vieux jeu et tellement craignos en ce qui concerne les femmes que je dois parfois me retenir pour ne pas leur foutre mon poing dans la gueule. S'il y avait d'autres clients à cette heure-ci, je leur dirais de la fermer. Ils le savent. Mais dans la mesure où le bar est vide, je les laisse dire et me contente de leur lancer un regard noir de temps à autre.

— Elle a l'air délicieuse, répond Wally en se léchant les lèvres en sale type qu'il est.

— Vous êtes complètement détraqués, vous deux. Elle pourrait être votre fille, pour l'amour du Ciel ! leur dit Carlos, et son indignation est risible parce qu'il est tout aussi pervers qu'eux.

— J'ai un fils, répond Johnny avec un sourire narquois. Alors ça ne me dérange pas.

Je jette le torchon sur mon épaule et me penche au-dessus du comptoir.

— Vous devriez apprendre à vous montrer un peu plus respectueux envers les femmes. Si Daphné était là…

— Ne lui dis rien, supplie Wally en agitant ses mains devant lui, les yeux écarquillés. Elle me mettrait son genou dans les couilles.

— Je paierais cher pour voir ça, dit Carlos en riant.

Tout à coup, on entend un bruit énorme, comme si une bombe venait d'exploser à côté. Les hommes de Johnny se lèvent d'un bond et regardent dehors, épiant d'éventuelles menaces imminentes.

— Rien dans la rue, patron, déclare le gars au cou épais qui porte un costume noir et se tient près de la porte.

— C'était quoi, ce bordel ? demande Carlos, les mains serrées sur sa poitrine et le visage encore un peu blanc. J'ai cru mourir !

— J'ai failli me chier dessus, dit Wally, secouant la tête en riant.

— Et ça aurait changé quoi ? le taquine Carlos.

Quoi que ce soit, ça devait être grave. La cloison entre les deux commerces est épaisse et fait une bonne isolation phonique.

— Restez ici, dis-je en jetant le torchon sur le comptoir. Gardez le bar pour moi pendant que je vais jeter un œil.

— Prends Maurice avec toi, me lance Johnny par-dessus son épaule avant que j'aie mis un pied dehors.

Je m'arrête, fais volte-face et lève les mains pour empêcher son chien de garde de me suivre.

— Pas la peine, je gère.

La dernière chose dont j'ai besoin, c'est d'avoir un ou deux sbires de la mafia à mes côtés quand je toquerai à la porte de la boutique de cupcakes. La fille ferait sûrement une crise cardiaque, pour un peu qu'elle soit encore en vie après le bordel qu'il y a eu là-dedans.

De l'extérieur, je ne vois rien d'extraordinaire. Une vitrine vide, une échelle par terre et quelques outils… Le magasin semble être en parfait état, comme il l'était quand je suis passé devant quelques heures plus tôt.

J'entrouvre la porte, passe ma tête à l'intérieur et appelle :

— Bonjour, il y a quelqu'un ?

J'entends du bruit à l'arrière et une voix de femme qui dit *putain de merde* avant de pousser un cri strident.

— Fils de pute ! Tu as failli me tuer, ordure !

Je hausse les sourcils et fais un pas à l'intérieur avant d'appeler un peu plus fort :

— Bonjour !

Vu comment elle crie, il est clair qu'il y en a un qui passe un sale quart d'heure. Je ne sais pas si je devrais rire ou compatir avec ce pauvre bougre.

Marissa s'emportait parfois de cette façon. En particulier quand quelque chose dysfonctionnait. Elle ne se mettait jamais en colère après les gens, mais les objets… ils en prenaient pour leur grade.

Je reste planté là, comme pétrifié. Est-ce que je ferais mieux de lâcher l'affaire et de retourner au bar avant que les gars n'aient sifflé le fût de bière, ou bien devrais-je m'assurer que tout va bien ?

J'avance d'un pas et me tiens prêt à découvrir ce qu'il se passe de l'autre côté de la porte.

La dernière chose à laquelle je m'attends, c'est de trouver une femme toute seule, debout, couverte de farine de la tête aux pieds en train de mettre des coups de pied à son mixeur.

Je m'éclaircis la gorge :

— M'dame.

Elle se retourne brusquement, les yeux écarquillés.

— Putain, siffle-t-elle entre les dents en se tenant la poitrine. Vous m'avez foutu une de ces trouilles ! Vous pourriez prévenir au lieu d'approcher sournoisement.

Elle a un accent quand elle parle et c'est charmant.

— J'ai appelé, dis-je en souriant pour me montrer amical – ce que je suis, dans mes bons jours. Plusieurs fois.

Elle frotte ses joues avec le dos de ses mains, ce qui ne fait qu'étaler la farine.

— Oh, dit-elle avec un sourire désolé. Excusez-moi.

— Est-ce que tout va bien ? J'ai entendu un grand bruit. Je suis venu voir si tout allait bien.

Elle pointe du doigt le mixeur à ses pieds.

— À part ma fournée de cupcakes-tortues qui est complètement foutue, ça ne pourrait pas aller mieux.

Elle tapote sa jupe, ce qui fait voler de la farine autour d'elle, et tousse.

On se dévisage un instant.

Elle me regarde. Je la regarde.

— Est-ce que je peux vous aider ?

— Avec les cupcakes ? me demande-t-elle en levant un sourcil.

— Je suis un piètre cuisinier, mais je peux au moins ramasser votre mixeur. Il a l'air plutôt lourd.

Je laisse mon regard descendre sur son corps jusqu'à ses talons qui sont bien trop hauts pour faire la cuisine.

— Je doute que ces chaussures aient été conçues pour les travaux manuels.

Merde. Elle est fraîche. Même couverte de farine, elle a un corps tout simplement spectaculaire. Les gars ont dit quelque chose à propos de son cul de bombe – ce sont leurs mots, pas les miens – et même si ça me gêne de le reconnaître, ils n'avaient pas tort.

— Vous m'aideriez ? demande-t-elle en avançant d'un pas, une main sur son collier de perles. Vous aideriez une étrangère ?

— M'dame, j'ai beau ne pas vous connaître, quand une dame est dans le besoin, il est de mon devoir de l'aider.

— Vous pouvez répéter ça ? demande-t-elle en me transperçant de ses yeux verts.

— Quelle partie ?

— Le tout, beau gosse. Le tout, répète-t-elle avec un sourire en coin.

Putain de moi. On en tient une bonne. Et au premier regard, elle semble posséder tous les ingrédients d'une catastrophe ambulante.

CHAPITRE 4
TILLY

MA PAROLE...

Cette armoire à glace qui se tient devant moi sort tout droit du fantasme de toutes les femmes. Son jean et son t-shirt moulent son corps à tous les bons endroits en se cramponnant à sa peau comme s'il n'y avait pas de meilleure place au monde. Je peux comprendre. Si j'étais aussi près de son corps, je m'y accrocherais de toutes mes forces, moi aussi.

Son menton est magnifique, finement ciselé et couvert d'une barbe naissante qui ferait sous mes doigts l'effet d'un léger papier de verre.

— M'dame ?

Sa voix est à peine un peu plus profonde qu'avant et toujours aussi sexy.

— Vous êtes sûre que ça va ?

Sois audacieuse.

Les mots de Roger résonnent dans ma tête. Il m'a dit plus d'une fois qu'il était temps que je sorte de ma zone de confort et que je redevienne comme avant. Facile à dire pour lui. Mais vivre seule après des années de mariage et me lancer dans l'univers des liaisons par les temps qui courent n'est pas si simple.

Bats-toi pour obtenir ce que tu veux, Tilly. Et en cet instant, je veux un peu de ce beau gosse, grand et ténébreux.

— Je m'appelle Chantilly, comme la dentelle.

Je ne peux pas effacer le sourire débile que j'ai sur le visage, parce que ce qui se dégage de lui me fait un effet de fou.

— Mais tu peux m'appeler Tilly, ou… tu sais… dis-je en avançant d'un pas pour poser une main sur le plan de travail, battant un peu des cils. *Ta* Tilly me va aussi très bien.

Il me regarde bizarrement – peut-être qu'il ne comprend pas mes avances – ou alors il se dit que j'ai besoin d'une camisole de force et d'une cellule capitonnée. Il se peut qu'il ait raison. J'y suis allée un peu fort, mais je ne suis pas d'un naturel timide. Enfin, là, j'ai quand même dépassé les bornes.

— Tilly, dit-il, préférant le premier surnom, ce qui me va, même si on s'éloigne de mes espérances.

Quand il fait un geste en l'air de la main, tout devient clair. L'alliance en or à son doigt scintille dans la lumière du plafonnier comme un signal lumineux m'avertissant de garder mes distances.

Tous les meilleurs partis sont soit pris, soit tellement foireux que personne n'en veut. Peut-être que celui-là est un peu des deux. Du moins, c'est ce que je me dis pour atténuer la frustration de me voir interdire ce beau mâle.

Que je sois toute poussiéreuse, couverte de farine de la tête aux pieds, ne doit pas aider. Quel homme sain d'esprit me verrait comme un objet de désir quand je ressemble plus à un biscuit qu'à une femme ?

— Je m'appelle Angelo, dit-il en inclinant la tête comme

un gentleman du Sud. Je suis copropriétaire du bar d'à côté, *Accro & Tumulte*, avec ma sœur et mes deux frères. On peut dire qu'on est voisins.

Il se frotte la nuque en fixant mes talons aiguilles – que j'aimerais pouvoir crocheter autour de sa taille pour voir s'il est aussi ferme qu'il en a l'air.

Mon dernier rapport sexuel remonte à plus de cinq ans, avant que mon mari parte pour une brève mission top secrète. J'ai cru qu'il reviendrait. Il revenait toujours. Je ne suis même pas sûre de me souvenir comment on fait l'amour.

Roger me répète toujours que c'est comme le vélo, que ça ne s'oublie pas, mais je n'en suis pas si sûre.

— Je suppose qu'on va se voir souvent, alors.

Je suis presque grisée à la seule possibilité d'avoir au moins de quoi me rincer l'œil de temps en temps. Et puis, il a dit tenir le bar avec ses frères, alors peut-être que tout n'est pas perdu, après tout, même si lui est clairement pris.

Il se penche en avant et entoure le mixeur ridiculement lourd de ses mains épaisses et puissantes et le soulève comme s'il ne pesait presque rien.

Ses mouvements dégagent tant d'érotisme… Je ne peux pas détacher mes yeux de ses biceps quand ils se contractent sous les manches de son t-shirt.

— Ça paraît si facile, quand tu le fais.

— J'ai deux enfants. J'ai l'habitude de soulever et de porter des choses lourdes.

Comme si la bague ne suffisait pas, il me lâche l'info des enfants pour me signifier qu'il est totalement hors de portée.

La vie peut être si injuste.

J'ai attendu des années avant de pouvoir me sentir à nouveau prête à avoir une liaison. Après la mort de Mitchell, je n'aurais jamais cru pouvoir un jour désirer un autre homme. Et maintenant que ça m'arrive, le premier à réveiller mon désir est marié et a des enfants.

— Eh bien, je ne vous remercierai jamais assez de m'avoir aidée.

— Aucun problème. C'est toujours un plaisir de pouvoir donner un coup de main.

Wah... Il est tellement gentil et sexy. Il est comme un homme idéal qu'on aurait mis sur mon chemin juste pour nous narguer, moi et mon pauvre vagin.

Il frappe ses mains l'une contre l'autre pour se débarrasser de la farine qui recouvre tout ce qui se trouve dans ma cuisine, moi comprise.

— Ma première fournée de cupcakes sera pour vous et vos enfants, en guise de remerciement.

— Ne vous donnez pas ce mal.

— J'insiste, Angelo.

C'est la moindre des choses. J'ai été élevée en apprenant à me montrer reconnaissante au moindre service rendu. Et puis, faire copain-copain avec un type costaud n'est pas de refus parce que je connais mes limites, et ce mixeur, par exemple, aurait pu rester par terre une putain d'éternité.

— Je ferais mieux d'y aller, dit-il, mais il ne bouge pas pour autant.

Il me dévisage, et je dois dire que j'en fais autant. C'est même ce que je fais depuis qu'il a franchi la porte d'entrée. Un homme comme lui est fait pour être reluqué. Dieu a fait quelques heures supplémentaires quand il a créé celui-là, et il est naturel d'avoir envie d'en profiter, même si mes pensées ne sont pas les plus pieuses.

— Tilly ? appelle Roger, le frère aîné de Mitchell, en

entrant dans la cuisine. Bon sang, qu'est-ce qu'il s'est passé ici ?

Il parcourt la cuisine des yeux et tombe sur Angelo.

— Qui êtes-vous ?

— Hey, Roger. C'est Angelo. Le propriétaire du bar.

J'ai un sourire crispé, priant pour que Roger ne fasse pas toute une scène. Il est connu pour réagir un peu trop facilement, surtout ces derniers temps.

— C'est vous qui avez fait ça ? demande-t-il à Angelo comme si je n'étais même pas dans la pièce.

— Ne sois pas bête, dis-je en remuant la main devant lui. J'ai fait tomber le mixeur, et cet homme est venu à mon secours fort gentiment.

Roger ne quitte pas Angelo des yeux.

— Je suppose que je devrais vous remercier, dit-il sans le faire parce que, disons que Roger peut être assez con.

Bien qu'il soit gentil, il est un poil surprotecteur. C'est un beau-frère très paternel et gay jusqu'au bout des ongles. Il me traite comme si j'étais sa femme, alors qu'il préfère de loin les gens comme Angelo, et tout leur attirail.

— J'oublie les bonnes manières, dis-je en avançant entre eux, avant de poser une main sur la poitrine de Roger sans pour autant quitter mon nouveau voisin des yeux. Angelo, je te présente mon beau-frère, Roger.

Angelo tique un peu avant de répondre :

— Enchanté. Désolé de couper court, mais je dois retourner au bar.

Il tourne les yeux vers moi, mais il est loin de me regarder comme une cerise sur un gâteau.

— Si vous avez besoin de quoi que ce soit, Tilly, n'hésitez pas. Il y a toujours quelqu'un de la famille dans le coin ; mais Roger a l'air d'être l'homme de la situation.

Ce dont j'aurais besoin, c'est de tirer un coup, et Roger est loin de pouvoir être l'homme de la situation pour ça. Il m'a raconté qu'il a eu un jour une relation sexuelle avec une femme. Il a fini en larmes, avec la nausée, parce qu'un poil avait eu le malheur de rester coincé dans sa gorge. C'est comique, parce que les poils ne sont pas qu'un attribut féminin, mais ce type a vraiment fini traumatisé par cette histoire.

— Merci ! dis-je dans un cri alors qu'Angelo quitte la cuisine en courant presque comme si des fourmis rouges lui mordaient les fesses.

J'ajoute en grognant, tout en donnant une claque sur la poitrine de Roger :

— T'aurais pas pu débarquer à un autre moment ?

— Lui ? demande Roger en pointant son pouce par-dessus son épaule en direction de la porte qui bat toujours d'avant en arrière après le départ précipité d'Angelo. C'est lui ton genre de type ?

Oh, tu veux dire le genre hyper sexy et fort, par-dessus le marché ?

— Non, dis-je en soupirant. Il est marié et a des enfants.

— Bon, alors où est le problème ? Doux Jésus, ma chérie, tu es dans un état !

— Comme si je ne l'avais pas remarqué…

Je me mets à rire devant l'absurdité de toute cette histoire. Voilà que je sortais enfin de ma zone de confort, mettant le paquet comme Roger m'avait conseillé de le faire, et ce fichu type est marié.

Et pour parfaire le tableau, je suis couverte de farine, dans un état déplorable. Même s'il avait été célibataire, je n'étais pas à mon avantage ; mes chances de me faire un beau gosse étaient pitoyables.

— Attends un peu… Comment as-tu fait tomber ce mixeur ?

Allez comprendre…

Je peux faire les trucs les plus fous quand je suis énervée, comme renverser une table entière. Et dire que j'avais été assez stupide pour dire que ce n'était pas la peine de la fixer au sol…

— Ne me le demande pas, dis-je après m'être éclaircie la gorge. Tu ne veux pas le savoir.

Roger se met à rire en secouant la tête.

— Til, si j'étais hétéro…

Je lui rappelle que, malgré tout, ça ne changerait rien. En théorie, si Roger avait été hétéro, j'aurais craqué pour lui. Il ressemble tellement à Mitchell : robuste, protecteur, vif, avec un cœur tendre. Mais même s'il aimait les femmes, je ne pourrais jamais le regarder autrement que comme un grand frère. Coucher avec le frangin de mon mari serait tout simplement… disons, dégueulasse et déplacé à tous les niveaux.

Je baisse enfin les yeux pour évaluer l'ampleur des dégâts. Chaque centimètre carré de ma peau et de mes vêtements est couvert de farine. Je vais avoir besoin de plusieurs shampoings avant de pouvoir à nouveau ressembler à quelque chose.

— J'ai besoin d'une douche et d'un petit remontant.

— Va te laver, ensuite je t'emmène boire un verre. Cette semaine va être chargée, tu as besoin de te détendre un peu.

De me détendre ? Ça ne m'est plus arrivé depuis que j'ai investi jusqu'à mon dernier centime pour réaliser mon rêve d'ouvrir une pâtisserie. L'assurance vie que j'ai touchée à la mort de Mitchell a rendu la chose possible, et si j'échoue, une partie de lui mourra à nouveau.

— Je connais l'endroit idéal pour ça, dis-je en remuant les sourcils.

Quelques heures et une bouteille entière de shampoing plus tard, Roger et moi entrons dans *Accro & Tumulte*. Le soleil commence à se coucher sur la ville, créant des ombres majestueuses sur les trottoirs du vieux quartier. La chaussée est recouverte d'une fine couche de neige qui brille dans la lumière des réverbères comme un tapis brodé de petits diamants.

— Eh bien… dit Roger dès qu'on entre dans le bar. C'est pas le Ritz.

Il ne raffole que des endroits chics et préfère sortir dans les quartiers nord ou dans BoyTown, qui ne sont ni l'un ni l'autre ma tasse de thé.

Accro & Tumulte est la quintessence même du bar de quartier : sombre et chaleureux, débordant de gens et de conversations animées.

— Cet endroit a de bonnes ondes, dis-je en attrapant sa main après avoir repéré une place libre. Viens, rabat-joie. Essaie de t'amuser un peu, ce soir. Tu pourrais commencer par sourire un peu. Qui sait, tu pourrais trouver l'amour de ta vie ici même.

On se glisse sur des banquettes et Roger jette un œil aux alentours.

— Je ne pense pas qu'un de ces hommes soit gay, Til.

Regarde-les, dit-il en remuant la main vers les clients attablés au bar. Que vois-tu ?

J'étudie la clientèle et relève les chemises en flanelle et les tenues décontractées à l'opposé de ce qu'on porte Roger et moi.

— Je vois des ouvertures, dis-je avec un clin d'œil.

Roger contracte la mâchoire.

— Je vois plutôt des ouvriers hétéros et rien d'autre.

— Exactement. C'est ma soirée, pas la tienne, dis-je en souriant.

— Qu'est-ce que je vous sers ? demande une femme en portant pas moins de six bouteilles de bière vides dans ses mains.

— Téquila glaçons, sans sel.

Roger baisse la tête, comprenant que je vais passer à la vitesse supérieure et risquer de faire une scène avant la fin de la nuit.

— Quels types de bières pression avez-vous ?

La femme énumère toute une liste avant que Roger se décide enfin. Monsieur fait la fine bouche.

— Une bière est une bière, lui dis-je dès qu'elle s'éloigne. Putain, tu compliques toujours tout !

— Ne compte pas me faire goûter de la merde, ma chérie. C'est valable pour les bières et les bites.

Je lui adresse un sourire narquois.

— Et qu'en est-il de Harvey ?

Il grimace, détestant qu'on lui rappelle ce temps où il s'est encanaillé avec cette brute de soudeur des quartiers sud.

— C'était un écart de conduite.

Il tapote ses doigts sur la table en jetant un œil par la

fenêtre, évitant mon regard et mettant ainsi un terme au sujet Harvey. Il est très difficile dès qu'il s'agit d'hommes.

Entre mon incapacité à aller de l'avant depuis la mort de son frère et son obsession tordue à trouver la créature parfaite, on est tous les deux condamnés à rester seuls à tout jamais.

— Téquila glaçons, sans sel, déclare la serveuse en posant un verre devant moi, avant de se tourner vers Roger. Et votre bière.

Avant qu'elle ait pu s'éloigner d'un seul pas, je lâche :

— Est-ce qu'Angelo est là ?

— Il est parti. Il bosse plutôt la journée.

— Ça se comprend, quand on a une femme et des gosses, dit Roger en portant la bière à ses lèvres, me fixant au-dessus de la mousse.

Il aime remuer le couteau dans la plaie, sachant que je cours après un type que je ne peux pas avoir.

C'est peut-être pour ça qu'Angelo me plaît.

Parce qu'il est inaccessible.

Comme je les aime.

— Pas de femme, nous dit la serveuse. Elle est décédée des suites d'un cancer il y a quelques années, mais ma nièce et mon neveu ont besoin de leur père le soir.

J'écarquille les yeux. L'idée de la peine qu'a dû endurer Angelo me fait mal au cœur.

— Je suis désolée.

— La vie est une garce, pas vrai ?

— Je m'appelle Tilly, dis-je en tendant la main. J'ouvre un magasin de cupcakes à côté. J'ai rencontré Angelo cet après-midi et il m'a dit qu'il tenait le bar avec sa fratrie.

— Daphné, répond-elle en me serrant la main. Notre frère

Lucio est quelque part par-là, mais Vinnie vit dans un campus, alors vous le verrez rarement.

Elle est absolument ravissante, aussi belle que son frère est beau. Les gènes de cette famille sont balèzes.

— Mes parents vivent au-dessus du bar, alors même si on est fermés, n'hésitez pas à toquer à la porte si vous avez besoin de quelque chose.

— Comme c'est pittoresque, murmure Roger le verre au bord des lèvres.

— Autre chose ? demande-t-elle en fixant Roger et le pull qu'il porte en écharpe sur les épaules, comme s'il sortait tout droit du dernier numéro de *GQ*.

— Ça ira, Daphné. Merci.

Dès qu'on est seuls, Roger me regarde bizarrement. Je hausse les épaules et demande :

— Quoi ?

— Il est célibataire.

— Il est veuf, c'est différent.

Il est plus facile de faire des rencontres quand on est seul par choix que quand on s'est fait voler la personne qu'on aimait.

— Et tu es veuve, me rappelle-t-il.

Comme si j'avais pu l'oublier. Mais la mort de Mitchell me suit partout ; elle est posée sur mes épaules comme le pull ridicule de Roger.

— Il porte toujours son alliance.

Roger hausse un sourcil.

— Et ?

Je réponds en secouant la tête :

— Il n'est pas prêt.

J'ai mis des années avant de pouvoir ôter mon alliance,

41

après la mort de Mitchell. J'ai pleuré, le jour où je l'ai enlevée pour la mettre en lieu sûr histoire d'essayer de tourner la page et d'aller de l'avant. J'avais l'impression de trahir sa mémoire, mais c'était le premier pas du reste de ma vie.

Mitchell avait rendu son dernier souffle mais moi, j'avais encore toute une vie à vivre, même si je ne pouvais pas imaginer la vivre sans lui.

CHAPITRE 5
ANGELO

— LA FILLE des cupcakes te cherchait, hier soir.

Daphné m'adresse un sourire foireux de l'autre côté de la table.

— La fille des cupcakes ? répète Ma en nous regardant l'un et l'autre, réagissant exactement comme Daphné le souhaitait.

— Tu sais, Ma, le magasin qui va ouvrir à côté du bar, répond Daphné sans me quitter des yeux, croyant ouvrir la boîte de Pandore. Elle a demandé après toi.

— Daphné, ne fais pas passer l'histoire pour ce qu'elle n'est pas.

— Elle a l'air super gentille, en plus, ajoute-t-elle pour remuer le couteau dans la plaie.

— Elle est célibataire ? demande ma mère.

— Stop, dis-je en ronchonnant.

Ces deux-là sont toujours à l'affût du moindre complot possible dès qu'il s'agit de me trouver une nouvelle femme.

— Je ne sais pas. Elle est venue au bar avec un type.

Je grommelle : « Roger » et Daphné s'exclame :

45

— Je savais que tu étais intéressé !

Je plante mon couteau dans une patate trop cuite en ignorant son commentaire, parce que je ne sais pas ce que j'en pense, bon sang. Je ne dirais pas que je suis intéressé. Je l'ai vue à peine cinq minutes et il y a de grandes chances que je ne la reconnaisse même pas si je la croise dans la rue sans qu'elle soit couverte de farine.

— Elle avait besoin d'aide ; je lui ai juste rendu service.

— Mm-hm, fait Daphné en m'examinant.

Je pose ma fourchette sur mon assiette et recule dans ma chaise en dévisageant ma sœur.

— Ne te fais pas d'idées, avec ton esprit tordu.

— Il est temps.

— Je suis d'accord avec ta sœur, déclare Ma, comme si mon cœur était soumis au suffrage universel, alors qu'aucune d'elles ne devrait avoir son mot à dire sur la question.

— C'est quoi, le problème ? demande Lucio, se réveillant enfin pour venir à mon secours.

— Ton frère a rencontré une fille, répond Ma en grossissant le trait de la réalité, comme à son habitude.

Le silence s'abat sur la table et tout le monde se tourne vers moi. Dans la vie, être le centre de l'attention est ce que je déteste le plus.

— C'est fabuleux ! s'exclame Delilah en applaudissant, bien trop enthousiaste à mon goût.

— Je n'ai rencontré personne. Pour l'amour du Ciel !

Je repousse la table, prêt à quitter la pièce, quand Lucio attrape mon bras.

— Assieds-toi, me dit-il en plissant les yeux. Ne fais pas la chochotte.

L'espace d'un instant, je me vois bien lui mettre mon

poing dans la gueule, mais je choisis d'agir en adulte responsable et reprends place sur ma chaise.

— De quel côté es-tu ?

— Il n'y a pas de côté. Tout le monde autour de cette table veut ce qu'il y a de mieux pour toi. Alors raconte, que s'est-il passé ?

Il plaque sa main sur mon bras puis me relâche. Je prends une profonde inspiration et fais craquer ma nuque, essayant de faire diminuer le stress qui pèse toujours sur mes épaules.

— Honnêtement ?

Il acquiesce.

— Rien. La voisine a fait tomber quelque chose et je l'ai aidée à le remettre en place. C'est tout.

— Elle est jolie ? demande-t-il.

— Elle n'est pas mal.

Je mens. D'après le peu que j'ai pu voir sous toute cette farine, c'est une bombe.

— Hmm, fait-il en se frottant le menton. Donc, juste *pas mal* ?

— Quel naze, dit Daphné en levant les yeux au ciel.

— Elle était couverte de farine de la tête aux pieds, mais d'après ce que j'en ai vu, elle n'était pas vilaine.

— Bon, elle est jolie, OK ? me coupe Daphné. Exactement ton genre.

Je grince des dents avant de répondre :

— Je n'ai pas de genre.

— Tu es trop mignon, déclare-t-elle avec un nouveau rictus foireux. Il est pourtant évident que tu as un genre.

— Mais éclaire-moi, je t'en prie…

Je me redresse et passe un bras autour du dossier de la chaise de ma mère, attendant que Daphné étale sa science sur la table. Elle pense tout savoir de moi, mais elle se trompe.

Elle repousse son assiette et prend ses aises.

— Eh bien… dit-elle en remuant la main. Tu aimes que madame ait un adorable petit air innocent plutôt que du sex-appeal.

— Doux Jésus, marmonne Ma.

— Tu verses plutôt dans le genre prof de catéchisme.

— Tu es folle.

— Non, pas du tout, dit Daphné en secouant la tête. C'est ton truc.

— Je pense que c'est le *truc* de beaucoup de mecs, intervient Leo, ce qui lui coûte une tape sur la poitrine.

— Ferme-la, dit-elle en le regardant de travers. Tu m'as bien épousée.

— Je n'ai pas dit que c'était *mon* genre, *bella*.

Il prend sa main et la porte à ses lèvres, redevenant le Casanova dont le charme l'avait conquise en premier lieu. Elle lui répond :

— Même si tu kiffes le genre *pure comme neige immaculée*, tu as un faible pour les chaudasses qui n'ont pas la langue dans leur poche.

— C'est chaud, dit Lucio en hochant la tête lentement avant de passer un bras autour de Delilah. Celle-là aussi a la langue bien pendue.

Delilah rougit et pose la tête sur son épaule. Ils dégoulinent de tendresse l'un envers l'autre, et toute leur adorable gentillesse me donne un peu la nausée.

— Bon, reprend Daphné en ignorant Lucio et Delilah qui se cajolent mutuellement. Tu as aussi un faible pour les filles qui n'ont pas été épargnées par la vie.

— Sérieusement, Daphné, tu nous décris tous les hommes de la planète, dis-je en faisant un geste exaspéré.

— C'est faux, dit-elle avant de se tourner vers Leo. Il ne voulait pas d'une innocente et je n'étais pas meurtrie à attendre qu'on vienne me secourir.

— Si je me souviens bien, intervient Leo, tu étais sur le point de t'étaler par terre la tête la première devant les trois cents invités du mariage quand je t'ai secourue.

Le seul mot que je trouve pour décrire le regard que ma sœur lui lance est : meurtrier. Daphné reprend :

— Et tu veux que la femme soit aussi adorable à l'intérieur qu'elle l'est physiquement. Même si on n'était pas frère et sœur, ça ne pourrait pas coller entre nous. Tu n'aimes pas les garces autoritaires comme moi.

— Que Dieu t'entende, murmure Leo en regardant le plafond.

— Tout homme veut une femme bien à ses côtés, dit mon père en posant sa main sur celle de ma mère. Sans elle, il serait perdu.

Et c'est exactement mon cas.

Je suis perdu.

Sans Marissa, j'ai l'impression d'errer à travers la vie. Même quand je fréquentais Michelle, j'étais toujours aussi triste. Elle ne comblait pas mon cœur comme une femme aurait dû ou, du moins, comme Marissa le faisait. Je ne crois pas qu'une seule personne au monde puisse combler le vide que sa mort a laissé en moi.

— Hou hou ! Vous oubliez Roger, dis-je en m'adressant à ma famille entière.

— Elle n'est pas amoureuse de lui, répond-elle en

secouant la tête parce que, clairement, elle en connaît plus sur une parfaite inconnue que moi.

— Tu n'en sais rien.

— Si je suis amoureuse de l'homme avec qui je vais prendre un verre, je ne demande certainement pas après un autre.

— Peut-être qu'elle voulait simplement me dire merci, dis-je.

— Négatif. Elle s'était toute pomponnée. Sa présence n'était pas innocente.

— Daphné, je t'aime, mais tu es cinglée.

— Papa ? lance Tate sous l'arche de la cuisine. Tu peux m'aider ?

— J'arrive, trésor, dis-je en repoussant la table, soulagé par son intervention salvatrice. Cette conversation est terminée.

— Écoute-moi bien… me dit Daphné alors que je sors de la pièce, mais je ne m'arrête pas pour entendre ce qu'elle a encore à dire.

— Regarde, papa !

Tate repousse un parpaing dans l'allée pour me montrer comment elle pilote son vélo sans roulettes. Elle affiche le plus grand des sourires tandis que le vélo chancelle de part et d'autre, ce qui n'affecte en rien son assurance. Il a neigé la nuit dernière, mais presque tout a fondu sous cet inhabituel soleil hivernal.

— Bravo, ma puce !

Je suis très ému, même ma voix ne tremble pas. Un

événement si anodin ne devrait pas me causer tant d'émotions, mais c'est encore un pas dans sa croissance auquel Marissa n'assiste pas.

— Elle grandit vite, dit ma mère en sortant pour me rejoindre derrière le bar. Ce sera bientôt le temps des rencards et ensuite, elle partira pour l'université.

— Arrête, Ma… Elle est à l'école primaire.

J'adresse un signe de main à Tate quand elle passe près de moi, un peu plus stable à présent.

— Regarde, mamie ! l'interpelle Tate en souriant, mais le guidon se met à osciller et ses yeux reviennent vite sur son chemin.

— Tu es une championne, mon cœur, dit Ma en applaudissant tandis que Tate accélère. Angelo, je me rappelle avoir été ici avec toi quand tu avais son âge. C'est comme si c'était hier. Tout est passé en un clin d'œil.

— Le temps ne passe pas aussi vite pour moi, dis-je sur le ton de la confidence. Depuis la mort de Marissa, chaque jour me semble être une année et la lenteur des heures qui passent est une torture.

Ma m'entoure la taille et pose sa tête sur mon bras.

— Maintenant que Michelle est partie, il est temps pour toi d'avancer. Tu t'es amusé comme tu as pu, mais il faut que tu envisages ton avenir sérieusement.

Mon Dieu.

— J'aimais bien Michelle, Ma, mais…

— Ce n'était pas la bonne, mon chou. Ça ne fait pas de mal de se réchauffer un peu avec une personne de confiance, ceci dit. C'est naturel et ça prouve que tu es en vie.

— Je n'aurais pas dû.

— Oh, arrête. Tu n'es pas mort, Angelo. Un homme a des besoins.

Je baisse les yeux vers elle.

— On peut changer de sujet, Ma ?

— Très bien. Je ne parlerai pas de sexe, répond-elle en serrant ma taille.

— C'est pas de refus, putain, dis-je à voix basse.

— Parlons cupcake.

Et comme par hasard, Tilly sort juste à ce moment-là de l'arrière de sa boutique et s'engage dans l'allée. Elle est nimbée de soleil, ce qui la rend sacrément angélique et plus belle que je n'aurais jamais pu imaginer sous l'avalanche de farine qui la recouvrait quand on s'est rencontrés.

— Wahou ! dit tout haut ma mère ce que je pense tout bas. J'imagine que c'est elle ?

— Angelo !

Tilly me fait coucou d'une main, se protégeant les yeux de l'autre.

Je lui fais un signe en retour en prenant soin de ne pas paraître trop enthousiaste, même si je me sens tout bizarre en laissant mon regard la parcourir. Elle porte une jupe droite qui lui arrive sous les genoux, un chemisier aux deux premiers boutons défaits et des talons aiguilles rouges qui mettent en valeur les muscles de ses jambes.

Elle se met à marcher tranquillement vers nous et j'aspire une bouffée d'air comme si j'avais reçu un coup dans le bide. Ses cheveux bruns sont plutôt auburn dans le soleil, avec des mèches brillantes rouges et oranges rehaussant les tons marron.

— Salut.

Elle approche en refermant sur elle son manteau noir et regarde ma mère.

— Je m'appelle Tilly. J'ouvre la boutique de cupcakes.

Ma mère tend une main vers elle, mais garde l'autre fermement accrochée à ma taille.

— Je suis Betty, la mère d'Angelo.

Tilly serre la main de ma mère puis s'attarde un instant, les yeux plongés dans les miens avant de répondre :

— Très heureuse de vous rencontrer, Betty.

La profondeur de ses yeux verts est saisissante et la lumière du jour en souligne les nuances.

— Moi de même, répond Ma d'une voix toute guillerette.

— Papa !

Tate détache mon attention du cupcake qui se tient face à moi.

— Regarde ! crie-t-elle en lâchant le guidon d'une main, testant ses limites.

— Tiens-toi, ma puce, dis-je en secouant la tête, me retenant de courir dans l'allée pour lui arracher son vélo. Ne tente pas le diable !

— Voilà une petite fille courageuse, n'est-ce pas ? demande Tilly.

— Elle tient tellement de sa mère. Elle va me faire faire un arrêt cardiaque.

Le rire de Tilly retentit, et c'est le son le plus magnifique au monde.

— C'est le rôle d'une petite fille, dit-elle.

Je hausse un sourcil.

— De tuer son père ?

— Non. De donner de l'intérêt à la vie.

— Je ferais mieux de rentrer voir ton père. C'était un plaisir de faire votre connaissance, Tilly. Ne fais pas le sauvage, ajoute ma mère en me faisant un clin d'œil. Prends ton temps.

Je ne sais pas si elle fait allusion au fait de surveiller Tate sur son vélo ou de laisser Tilly m'approcher.

— On revient pour le dessert.

— Tu es la bienvenue si tu souhaites te joindre à nous, propose Ma, prenant le relais de ma sœur en fourrant son nez partout en quête de la moindre opportunité.

— C'est super gentil, mais je viens de mettre une fournée de cupcakes au four et je dois la surveiller. J'essaie une nouvelle recette.

— Je suis un bon cobaye pour tester de nouvelles recettes, mais une horrible cuisinière. Si jamais tu as besoin d'aide ou d'un estomac consentant, je suis toujours dans le coin, dit Ma en se détachant de moi, avant d'ajouter en s'éloignant : tout comme Angelo.

Tilly se met à rougir sans pouvoir réprimer un sourire.

— Merci, m'dame.

— Betty, très chère. Betty.

— Merci Betty, dit Tilly avant que ma mère disparaisse dans le bar en nous laissant seuls.

— Alors… dis-je en plongeant mes mains dans mes poches comme si j'avais à nouveau seize ans et ne savais pas le moins du monde comment engager une conversation avec une fille.

— Je voudrais m'excuser pour hier.

Je hausse les sourcils, étonné.

— T'excuser ? Pourquoi ?

— J'y suis allée un peu fort, et ce n'est pas du tout mon genre.

— Je n'ai pas trouvé que tu y allais fort.

Je dis ça pour être gentil, bien sûr. Elle y est allée fort, mais je mentirais en disant que ça m'a déplu.

— Oh, je t'en prie, dit-elle en touchant mon bras, ce qui déclenche une traînée de frissons sur ma peau. Je me suis comportée comme une…

— Tu as été gentille, dis-je sans m'écarter.

Elle se tient si près de moi que je peux sentir la vanille et toutes les fragrances pâtissières qui l'entourent.

— J'ai essayé de sortir de ma zone de confort et j'ai peut-être un peu dépassé les bornes, dit-elle avant de se mettre à rire en faisant une mimique adorable. OK, peut-être largement dépassé les bornes. Je ne voudrais pas que tu me voies comme une folle ou une traînée.

— Ça faisait longtemps que je n'avais pas entendu prononcer ce mot, *traînée*.

Mon visage se fend d'un sourire idiot et j'ai tout à coup trop chaud malgré le froid.

— C'est le mot qu'on emploie dans le sud. J'ai grandi dans une petite ville de Georgie. Les filles auront beau quitter le sud, le sud ne quittera jamais les filles.

— Comment es-tu arrivée ici ?

— Mon mari était basé à Great Lakes. Il était commando de marine et il a travaillé comme formateur pendant un temps, il entraînait les nouvelles recrues.

— Oh.

— Quand il est mort, je ne savais pas où aller. J'ai perdu mes parents il y a quelques années et je n'ai plus de famille en Georgie. Ici, j'avais au moins mon beau-frère, Roger.

— Je suis désolé, dis-je, étant bien au fait de la peine

qu'elle a dû éprouver. Je sais combien il est difficile de perdre la personne à laquelle on était marié.

Elle m'adresse un triste sourire et resserre ses doigts sur mon bras.

— J'ai appris, pour ta femme. Je suis tellement désolée pour toi, Angelo. Personne ne devrait endurer des peines de cœur comme les nôtres.

Je pose ma main sur la sienne, m'attardant sur mon deuil un moment et trouvant du réconfort auprès d'une étrangère.

— Non, Tilly, personne ne devrait.

— Salut, moi, c'est Tate, dit ma fille en forçant presque le passage entre nous.

Je détourne difficilement mes yeux de Tilly. J'avais presque oublié que Tate sillonnait l'allée sur son vélo, m'épiant probablement comme un faucon.

— Hey, ma puce.

— Bonjour Tate, moi c'est Tilly. Je tiens le magasin de cupcakes.

Tate ouvre de grands yeux.

— J'adore les cupcakes, chuchote-t-elle. Est-ce que tu es la nouvelle amie de mon papa ?

— Je pense que oui, répond Tilly en levant les yeux vers moi.

— Tate, on vient tout juste de se rencontrer, Tilly et moi.

— Papa, dit Tate d'une voix chantante, tu te souviens de notre conversation de l'autre soir ?

— Tate.

— Elle est parfaite, ajoute Tate en acquiesçant rapidement.

Tilly rougit, devinant probablement de quoi il s'agit. Je

me sens un peu affligé que ma fille me jette dans l'arène comme tous les autres membres de ma fichue famille.

— Va faire du vélo, dis-je en lui donnant une pichenette sur son adorable petit nez.

— Mon papa va m'offrir un cheval, dit Tate à Tilly d'un ton rebelle, sans m'écouter.

— Vraiment ?

Tilly s'accroupit pour se mettre au niveau de Tate, trouvant le moyen de garder l'équilibre sur ses chaussures ridicules.

— Oui, répond Tate en se tortillant d'avant en arrière. Tata Nee dit qu'il a besoin de se remettre en selle.

Tilly éclate de rire, couvrant sa bouche avec sa main, et lève les yeux vers moi.

— Eh bien, je ne…

Je fais non de la tête parce que je ne suis pas encore prêt à briser le rêve de Tate.

— On en parlera plus tard, Tate. Tu as cinq minutes avant le dessert.

Tate attrape la main de Tilly, qui l'enlève de sur sa bouche, avant de tirer son bras vers son vélo couché par terre.

— Je vais te montrer mon vélo, Cupcake.

— C'est Tilly, dis-je en intervenant pour lui rappeler ce qu'elle avait très bien compris.

— Ça va, intervient Tilly avec un clin d'œil. Ça ne me déplaît pas.

Je m'étais déjà senti fichu quand je l'avais vue couverte de farine, jurant comme si elle pouvait donner des cours d'insultes. Mais maintenant… quand je vois Tate marcher main dans la main avec une autre femme, un sourire authentique sur le visage comme elle n'en a plus eu depuis des années, je me sens doublement fichu.

CHAPITRE 6
TILLY

— TU ÉTAIS à un doigt de l'hôpital psychiatrique

Je marche d'un pas raide et pieds nus sur le sol en tommettes et viens le regarder droit dans les yeux.

— Ils n'auraient jamais pu m'interner vivante.

— C'est pourquoi je n'ai jamais appelé. Je n'avais pas envie de te perdre. Déjà que je venais de perdre Mitchell…

Je vois la peine emplir ses yeux. Parfois, je suis tellement obnubilée par mon deuil que j'oublie qu'il a perdu son unique frère. En un battement de cil, il est devenu fils unique, comme je suis devenue veuve.

Il écarte ses genoux quand je me rapproche et je viens poser ma tête au milieu de sa poitrine.

— Pourquoi est-ce arrivé, Roger ? Pourquoi ?

Il pose son verre de vin à côté de lui avant de me retirer le mien.

— Il n'y a pas de raison, Til. Parfois, la vie n'a pas de sens.

Je lève vers lui mes yeux pleins de larmes.

— J'ai besoin que les choses aient du sens.

Il m'effleure le menton.

— Je ne sais pas si un jour la vie sera normale à nouveau ni si on pourra trouver des réponses à nos questions.

Cinq ans après sa mort, le gouvernement enquête toujours sur les missions de Mitchell pour essayer de comprendre ce qui a dérapé à ce point. Mon mari n'a pas été la seule victime, ce jour-là. Il faisait partie de cinq courageux commandos devant porter secours à des otages américains de l'autre côté des lignes ennemies.

Je laisse retomber ma tête sur sa poitrine et murmure :

— Les réponses ne changeront rien.

Il m'entoure de ses bras et frotte mon dos. Il est attentionné et sent incroyablement bon, comme son frère à l'époque.

— Rien ne pourra nous ôter la tristesse. Tout ce qu'on peut faire, c'est aller de l'avant et tenter de trouver un nouveau moyen d'être heureux.

Je tords un pan de son t-shirt entre mes doigts et l'utilise pour essuyer mon visage.

— J'essaie.

Roger ronchonne. Il déteste que je pourrisse ses vêtements avec ma morve, mais ne me reproche rien.

— Tu vois ta peine dans celle d'Angelo, pas vrai ?

— Je vois une peine différente, Roger. Une qui est peut-être plus profonde, avec des cicatrices immenses.

— Qu'est-ce que tu veux dire ?

Je garde le visage enfoui dans sa poitrine. Je trouve que c'est plus facile de parler sans le regarder. Je ferme les yeux et prends une profonde inspiration avant d'essayer d'expliquer ce qu'il se passe dans ma tête.

— Sa femme est morte d'un cancer.

— OK.

— Quand Mitchell est mort, ça a été un choc. Tout a changé en une seule seconde, tu sais…

— Je sais, répond-il en soufflant, imaginant peut-être le moment où la Navy s'est présentée à ma porte d'entrée.

C'est moi qui ai dû lui annoncer la nouvelle, pour son frère. On m'a informée que la tâche me revenait parce qu'étant sa femme, j'étais légalement son parent le plus proche. Venir frapper à la porte de Roger et devoir lui dire que son unique frère venait de mourir était au-delà de ce que je pouvais supporter. La réalité que prenaient ces mots-là dans ma bouche me terrifiait et je n'étais pas prête à tout ce qui allait s'ensuivre.

— Angelo a vécu un enfer pendant des mois avant qu'elle meure, Roger. Tu sais comment c'est, avec les cancers. Les traitements, les médecins, les chimios, et tout ce qui va avec les tentatives de survie.

— Je connais ça trop bien.

Le meilleur ami de Roger est mort d'un cancer il y a deux ans, et les répercussions sur lui ont été graves. Je me rappelle l'avoir vu lutter pour ne pas devenir fou, accumulant les deuils.

— J'aurais voulu pouvoir dire au revoir à Mitchell. J'aurais voulu qu'on ait le temps de se dire tout ce qu'on avait besoin de se dire. Angelo a pu faire ça. Mais il a dû endurer la torture de voir sa femme pendant des mois mourir progressivement sous ses yeux.

— Oh, Tilly, murmure Roger contre le haut de ma tête en me serrant dans ses bras. On ne peut pas comparer les peines et les pertes.

Il a raison. La peine est la peine, il n'y en a pas une plus souhaitable qu'une autre. Il est inutile de vouloir comparer. Mais il y a certaines choses que j'aurais voulu dire à mon mari avant qu'il ne soit trop tard.

Roger prend mon visage dans ses mains, m'obligeant à le regarder.

— Tout ce que je sais, c'est que mon frère t'aimait. Il n'y a rien que tu aurais pu lui dire qu'il n'aurait déjà su.

— Tu as raison, mais ça ne m'apaise pas pour autant.

Il repousse mes cheveux humides de mon visage.

— J'ai accompagné Chet pendant sa longue agonie, ma chérie. Je ne sais pas si j'aurais pu en faire autant avec Mitchell. Je n'aurais pas été capable de rester assis, jour après jour, à le regarder mourir sans rien pouvoir faire, dit-il en fermant les yeux, la voix pleine d'émotion. Mitchell est mort en faisant ce qu'il aimait. C'était un militaire né. C'était un combattant, et l'un des meilleurs qui soient. Il aurait voulu qu'on fasse honneur à sa vie et ce qui est vraiment sûr, c'est qu'il n'aurait pas voulu que tu restes seule pour toujours.

— Je ne sais pas si j'aurais pu quitter ce monde en lui disant de vivre une autre vie sans moi. Ma bonté a des limites, Roger. J'aurais été constamment sur son dos à le hanter depuis l'au-delà, si jamais il avait posé les mains sur une autre femme.

Roger se met à rire en secouant la tête.

— Tu aurais été impitoyable, sans aucun doute.

— Angelo me plaît, dis-je à voix basse comme si je confessais un péché. Mais je me sens coupable en le disant.

— Vous êtes tous les deux coincés dans vos deuils. Vous avez traversé des expériences que peu de gens de votre âge connaissent. Tu vas te sentir naturellement attirée vers lui.

— Mais je ne me sens pas attirée uniquement à cause de nos douleurs.

Je déteste m'entendre dire ces mots-là à voix haute. Je me sens coupable d'avoir envie de quelqu'un d'autre et de ressentir la lueur d'un désir presque oublié.

— Il est sexy, si tu aimes ce genre de mecs, dit Roger en grimaçant.

— Le genre sexy, tu veux dire ? À ce niveau-là, il défie toute concurrence.

— Il est un peu brut de décoffrage à mon goût.

— Eh bien, c'est une chance qu'il n'aime pas les queues, dis-je en riant, comme si on venait de m'ôter un poids des épaules après la discussion qu'on a eue.

— Il serait assurément du genre à être dessus, s'il aimait ça, et ça serait problématique.

— Je ne comprendrai jamais les gays.

— Et je ne comprendrai jamais les femmes, alors on est quittes, répond-il en riant. Bon, qu'est-ce que c'est que ce foutoir ?

Il désigne de la main la cuisine que je n'ai jamais réussi à nettoyer totalement après que la bombe de farine a éclaté.

— Je fabrique un cupcake spécial pour Tate.

— Tu es fichue, ma p'tite, répond-il.

Je suis bien de son avis.

CHAPITRE 7
ANGELO

— POURQUOI EST-CE que les enfants ne sont pas à l'école, aujourd'hui ? demande Pop en arrivant au bar aux alentours de midi.

— C'est les vacances de printemps, Pop.

— Oh putain ! Ça va durer encore longtemps ?

Il écrase ses mains de chaque côté de sa tête, aplatissant ses cheveux poivre et sel.

— Quand j'étais gosse…

— L'école existait déjà, à cette époque ?

Je le pique dès que je peux, parce qu'il le mérite bien.

— Je suis presque sûr qu'ils utilisaient des tableaux de pierre, en ce temps-là, intervient Lucio pour ajouter de l'huile sur le feu.

— Vous pouvez aller vous faire foutre, tous les deux.

— Que font Tate et Brax ?

Je n'entends aucun bruit à l'étage. En général, quand ils sont silencieux, c'est soit qu'ils dorment, soit qu'une bêtise se prépare. Et plus ils grandissent, plus ils font de dégâts.

— Brax joue aux dinosaures dans la cuisine et Tate montre à votre mère comment se servir de son iPad.

— Doux petit Jésus, marmonne Lucio. Depuis toutes ces années, elle ne sait toujours pas comment utiliser ce fichu truc.

— Ma écoute encore la musique sur des vinyles…

On rit, Lucio et moi, et Pop nous regarde de travers…

— Le son des disques est meilleur, dit-il pour prendre sa défense.

— C'est sûr, répond Lucio en me donnant un coup de coude. Moi, je déplore qu'on n'utilise plus les cassettes audio. Ça, c'était le top.

— Alors, quoi de neuf avec la fille d'à côté ? demande Pop avec un mouvement de tête vers le mur mitoyen. Ta mère avait beaucoup à dire sur elle hier soir, mais bon, j'avoue qu'elle a toujours beaucoup à dire sur tout le monde.

— Il n'y a rien de spécial avec la fille d'à côté.

Je suis un peu sur la défensive. Je l'entends dans ma voix. Et ça ne trompe personne.

Lucio me toise.

— Arrête de faire le con, tu nous mens et tu te mens à toi-même.

— J'ai rencontré cette femme deux fois. On ne peut pas s'attendre à ce qu'il y ait du nouveau.

— Elle te plaît ? demande Lucio en croisant les bras.

Je hausse les épaules en m'affairant sur le comptoir, le nettoyant avant qu'on ouvre le bar.

Est-ce qu'elle me plaît ?

Lucio glisse ses mains sous son t-shirt et lève ses doigts au rythme d'un battement cardiaque.

— Est-ce que ton cœur fait ce drôle de truc dans ta poitrine quand tu la vois ?

— On ne va pas en parler.

— Est-ce qu'elle te réveille le paquet ? poursuit-il, mais je ne jouerai pas à ce jeu-là.

Pop vient s'asseoir sur un tabouret de bar près de l'endroit que je nettoie. Je sens le poids de son regard sans même lever les yeux.

— Je sais que je ne suis pas le meilleur interlocuteur pour ce genre de truc, mais par contre, sur le temps perdu, j'en connais un rayon. Il n'y a rien de pire que de se retourner et de réaliser tout ce qu'on a raté.

— On dirait que tu as des regrets, marmonne Lucio dans sa barbe.

— J'ai beaucoup de regrets, lui dit Pop, ayant entendu ses mots aussi clairement que de l'eau de roche. Je regrette toutes les années que je n'ai pas passées avec vous, les enfants. Je regrette les vacances et les soirées où je n'ai pas tenu votre mère dans mes bras. J'ai raté tellement de choses. Plus qu'une personne ne devrait en rater dans une vie entière. Mais je suis le seul à blâmer.

— J'ai trop de regrets, moi aussi.

Tous les miens concernent Marissa. Les innombrables heures que j'ai passées à travailler au bar quand j'aurais dû être à la maison avec elle. Toutes les précieuses secondes que j'ai gâchées en pensant qu'il y en aurait toujours d'autres, ce qui n'était pas le cas.

— La seule chose que tu puisses faire, c'est d'aller de l'avant en essayant de ne pas reproduire les erreurs du passé.

Qui est cet homme ? Où est passé mon père ? Il n'a jamais

été du genre à prêcher la sagesse et même quand il lui est arrivé d'essayer, il était toujours nul.

— Pour une fois, je me range du côté de Pop, déclare Lucio, nous choquant l'un et l'autre.

— Bonjouuuur ! appelle une femme depuis la porte d'entrée. C'est ouvert ?

Je reconnaîtrais cette voix entre mille. L'accent de Tilly sonne à mes oreilles comme de la musique, surtout après avoir entendu mon père et mon frère jacasser au sujet de ma vie et de mon avenir.

— Eh bien, entre, ma fille. Il fait froid dehors, dit Pop en lui faisant signe d'entrer tout en nous lançant un coup d'œil.

— Je voulais juste déposer ça pour Tate.

Baignée de soleil, Tilly a l'air d'un ange portant une boîte rose à la main.

Lucio se penche vers moi.

— Mec, elle est sublime.

— Tais-toi, dis-je à voix basse.

Mais il a parfaitement raison. Cette femme est absolument magnifique.

— Et elle fait de la pâtisserie… Ne sois pas un total crétin, me souffle-t-il alors que Tilly marche vers nous.

Mon père est rapidement sur pied et la coupe dans son élan avant qu'elle puisse atteindre le bar.

— Je suis Santino, leur père.

— Ravie de vous rencontrer, Santino. Je m'appelle Tilly Carter, j'ouvre la boutique de cupcakes, à côté.

Mon père attrape sa main libre et la porte à ses lèvres.

— Eh bien, c'est un plaisir de rencontrer une si belle femme.

Tilly rougit avec un petit rire.

— Vous êtes un charmant diable, n'est-ce pas ? Je vois d'où vient la beauté de vos fils.

Pop se délecte du compliment. Il se redresse, probablement frappé par sa beauté, tout comme moi. Je ne peux pas le laisser s'attarder ; je vais à leur rencontre, l'interrompant avant qu'il poursuive ses flatteries.

— Va la chercher, me susurre Lucio.

Il est aussi agaçant que ma sœur et ma mère.

Les clowneries que Lucio a faites avec ses mains sous son t-shirt un peu plus tôt se révèlent exactes. Mon cœur s'accélère, son rythme est un peu plus rapide et plus fort qu'il ne l'était avant qu'elle passe la porte.

Tout ce qui vient de Tilly est pur et d'une absolue perfection : son joli petit nez parsemé de taches de rousseur claires, ses pommettes hautes et sa lourde chevelure auburn qui change de couleur selon la météo.

— Eh bien, quelle adorable fille tu es, dit Pop en tendant sa main, obligeant Tilly à reculer un peu pour pouvoir l'admirer encore.

Je sais qu'il est subjugué, ce qui est normal vu la tenue qu'elle porte sous sa veste trois quarts. J'imagine que cette femme n'a pas un seul jean ou pantalon de survêt dans son armoire. Je ne l'ai vue qu'en jupe droite et chemisier, ayant plus l'air sur le point de sortir dîner dans un restaurant chic que de préparer une nouvelle fournée de gâteaux.

— Doucement, hein.

Je pose une main sur l'épaule de mon père, parce qu'il va trop loin.

Peut-être parce que ça fait partie de son plan. On lui ressemble beaucoup. On ne partage pas, surtout quand il s'agit de femmes. On revendique nos droits, on campe sur nos positions et on défend ce qu'on pense être à nous, même contre notre propre famille.

Tilly se mordille la lèvre inférieure. Putain. Ses yeux brillent en scrutant mon corps de haut en bas comme si elle était affamée.

— Hey, dit-elle doucement.

— Hey, toi-même…

Les papillons que je n'ai plus sentis depuis des années se mettent à voleter dans mon ventre.

— Naze, murmure Lucio de l'autre côté du bar.

Je lui fais un doigt d'honneur dans mon dos qu'il est le seul à voir. Mais il a raison. Je suis naze. Je suis comme un ado maladroit, tout à coup : timide et peu sûr de lui.

Tilly ouvre la boîte rose et la tend vers moi.

— Je les ai faits pour Tate.

Je baisse les yeux sur la quasi-douzaine de petits cupcakes plus parfaits les uns que les autres, recouverts d'un glaçage rose et de paillettes multicolores.

— Cupcakes spécial-sirène. Je les ai inventés pour elle.

Je reste un moment sans voix devant la gentillesse de cette attention et à l'idée du temps qu'elle a pris à faire ce qui semble être les meilleures mignardises au monde.

— Tu n'aurais pas dû… dis-je en levant les yeux vers elle.

— Ce n'est pas grand-chose. J'ai préparé ça vite fait.

Sa tendance à tout minimiser me plaît.

— Tu veux que j'aille chercher Tate ? demande mon père.

— Bien sûr, dis-je, incapable de détacher mes yeux de la femme qui se tient devant moi.

Je remarque à peine son départ ni le son de ses pas dans

l'escalier qui mène à l'appartement. Je suis trop subjugué par Tilly. On se dévisage sans dire un mot, et ce silence n'a rien d'embarrassant.

J'ai envie de la toucher, mais je n'en fais rien. Je sais déjà à quel point elle est potentiellement dangereuse pour mon cœur avant même d'avoir posé une main sur elle. Aucun doute : si je goûtais à ce plaisir, je serais foutu à jamais.

— Tilly ! crie Tate en dévalant les escaliers avant de foncer vers elle et vers la boîte de cupcakes.

— Hey, princesse, dit Tilly en s'agenouillant pour se mettre à son niveau.

Tate ouvre de grands yeux.

— Ils sont tellement beaux…

— Je les ai faits spécialement pour toi, dit Tilly en levant la boîte sous le visage de Tate. Ce sont les spécial-sirène de Tate.

Tate les regarde, la bouche ouverte.

— Ils sont tous à moi ?

— Tu devras les partager avec ton frère, dis-je, sachant que si on la laisse faire, elle les maintiendra au-dessus de la tête de Brax jusqu'à ce qu'il pleure.

Je n'ai pas envie de passer toute la soirée avec une petite fille en hyperglycémie et un garçon pleurnichard.

Elle brandit un doigt en l'air sans daigner me regarder, trop absorbée par la bonté qu'elle a sous les yeux.

— Il peut en avoir un. Un seul, me dit-elle.

Je lève les yeux au plafond. Je ne sais pas si je devrais rire de son comportement ou redouter la petite chose autoritaire qu'elle est devenue.

— Tu ne peux pas tous les manger.

— Ils sont à moi. C'est Tilly qui l'a dit, répond Tate, le visage tout chiffonné.

Ma fille causera vraiment ma perte. Je sais déjà qu'en grandissant, son attitude ne fera qu'empirer. Tout le monde me dit de profiter d'elle maintenant parce que la puberté sera l'Enfer sur Terre. J'appréhende ces années à venir.

Tilly lève les yeux vers moi et articule en silence : « Je suis désolée ».

— Ne le sois pas, dis-je en m'agenouillant avec eux.

— J'ai pensé qu'elle méritait bien une petite friandise après s'être montrée si gentille avec moi, hier.

— Tilly, dit ma mère en descendant les escaliers avec Brax. Je suis tellement contente de te revoir, ma chérie.

— Salut Betty, répond Tilly.

D'une façon ou d'une autre, cette ouverture anodine du bar a tourné en affaire de famille. Et je n'ai pas fini d'en entendre parler. Tant que je ne serai pas passé à l'acte, je vais tous les avoir sur le dos. J'ai été suffisamment sur celui de Lucio quand il se montrait incertain envers Delilah, alors il n'attend que l'occasion de me rendre la pareille.

— Des cupcakes ! hurle Brax en courant vers Tilly.

Tate arrache la boîte des mains de Tilly et tourne le dos à son frère.

— Ils sont à moi, Brax.

— Tate… dis-je sur un ton menaçant.

Mais que vais-je bien pouvoir faire ? C'est le genre de moment où j'aimerais que Marissa soit là pour m'aider, parce que ces deux-là ensemble peuvent être plus que pénibles.

— Allez, Tate. Partage avec ton frère. Quel est l'intérêt d'un cadeau si on ne peut pas le partager avec quelqu'un de spécial à nos yeux ? demande Tilly en touchant la joue potelée de Tate. Je vous en ferai d'autres.

— Je suis obligée ? demande Tate en laissant ses épaules s'affaisser vers l'avant.

— Qu'est-ce que tu dirais de ça… commence Tilly avant de lever les yeux vers moi, mais je la laisse aller là où elle veut en venir. Si tu partages avec ton frère, tu pourras venir au magasin quand tu voudras pour choisir un cupcake.

— Tous les jours ? demande Tate.

Elle n'a pas de limites, quand il s'agit de sucreries. Elle est maligne, aussi. Elle prend des précautions pour s'assurer qu'elle y gagne au change.

Tilly se met à rire et me regarde.

— Aussi souvent que ton père le permettra.

— N'importe quel cupcake ?

— Celui que tu voudras, lui répond-elle.

Tate est en plein conflit intérieur. Elle ne veut pas partager, mais la perspective d'avoir des cupcakes illimités tenterait n'importe quel enfant.

— D'accord, murmure-t-elle avant de se tourner vers son frère afin qu'il puisse attraper un cupcake. Je vais partager.

— Vous pouvez en manger un chacun, leur dis-je, sachant que le calme dont ma mère profitait tout à l'heure touche à sa fin, car la dose de sucre va les exciter.

— Tu veux monter boire un café, Tilly ? demande ma mère en venant près de nous. Je garde les enfants pendant que les garçons préparent le bar pour l'ouverture.

Tilly me regarde. Pourquoi, je n'en sais rien. Ce n'est pas à moi de lui dire quoi faire ou si elle peut aller quelque part ou non. Même si on était ensemble, je ne me permettrais jamais de l'empêcher de faire comme bon lui semble.

Je sais que ma mère va être indiscrète pour tâter le terrain, histoire de voir si on a une chance, elle et moi. Elle est comme ça. Il y a une chose à savoir sur Betty Gallo : elle est experte en l'art de manipuler les gens en leur posant seulement quelques questions.

— Avec plaisir, Betty.

Pauvre Tilly. Elle n'a aucune idée de là où elle met les pieds, mais elle va bientôt le découvrir. J'espère seulement que ma mère ne s'avancera pas trop en déclarant mes intentions quand je ne les connais pas moi-même pour l'instant.

— Youpi ! s'exclame Tate en sautant de joie et c'est un miracle si les cupcakes ne se retrouvent pas tous par terre. Tilly vient avec nous !

— Twilly ! dit Brax, partageant l'enthousiasme de sa sœur.

— Papa, me dit Tate en me rentrant dedans. Tu veux un cupcake ?

Elle me tend la boîte au-dessus de sa tête pour m'en offrir un.

— Non merci, ma puce. Va là-haut avec mamie et Tilly, manges-en *un* et régale-toi.

— Deux, négocie-t-elle en battant des cils.

— Tate…

Mais je sais que c'est peine perdue. Ma mère lui donnera tout ce qu'elle voudra, quoi que je dise. Comme elle le fait toujours.

— Viens, mon petit cœur. Ne te préoccupe pas de ton père, dit Ma en menant Tate vers les escaliers avec un sourire diabolique. Allons manger des cupcakes et boire du lait entre filles, et avec Brax. Nous avons beaucoup de choses à nous dire.

Tilly me lance un regard par-dessus son épaule en suivant ma mère en direction des escaliers. Elle a un peu l'air d'une biche dans les phares d'une voiture. Je ne peux m'empêcher de lui sourire pour tenter de la réconforter à propos de l'interrogatoire qui se profile sans aucun doute à l'horizon.

CHAPITRE 8
TILLY

— ON VA DEVOIR AVOIR une petite conversation, toi et moi, dis-je avec un regard noir. Tu vas arrêter de me casser les pieds comme ça et faire comme je te dis.

— Tilly ?

Je me fige, fixant la machine à cappuccino sophistiquée à qui je viens de remonter les bretelles. Je dois avoir l'air d'une folle. Je parle à un objet inanimé et lui mets le nez dans la merde comme s'il allait m'écouter.

Je me retourne en affichant un sourire sur mon visage, espérant que Betty n'a pas entendu ma conversation insensée.

— Hey, Betty.

Elle sourit. C'est bon signe. Ou alors, c'est qu'elle me croyait déjà tarée et que je viens seulement de conforter son opinion.

— Tu as des ennuis ?

Mes épaules s'affaissent et je grommelle :

— C'est cette satanée machine. Je ne sais pas comment j'ai pu croire bien faire en achetant un engin si sophistiqué.

Betty se met à rire en avançant dans la boutique.

— Je suis sûre qu'Angelo saurait s'en dépêtrer.

— Je lui demanderai peut-être de l'aide.

— Il aime se rendre utile.

Elle saute sur la moindre occasion de faire son éloge. C'est inutile, avec moi. Je sais déjà qu'il est un diamant brut. Rien qu'à le voir avec ses enfants, il me donne envie d'en avoir.

— La boutique avance bien, dit-elle en regardant autour d'elle. On dirait que tu aimes le rose…

— En fait, dis-je en bougonnant, je préfère le rouge mais c'est un peu détonnant pour un magasin de cupcakes.

— Qui a dit ça ?

— La décoratrice que j'ai engagée. Elle dit qu'un intérieur rose et crème est plus attirant. Elle m'a fait tout un cours sur la théorie des couleurs, mais je n'ai rien retenu. Peu importe ; que puis-je faire pour vous ?

— Je voulais te parler, à propos de ce matin, dit-elle en enlevant ses gants, sans me quitter des yeux. J'espère que tu n'as pas trouvé que j'y allais un peu fort.

— Je n'ai jamais pensé une chose pareille.

Elle a été cash, mais sa franchise était un vrai bol d'air. Roger me donne toujours son opinion, mais dans la mesure où il a un pénis, son avis est partial.

— Et si j'allais nous chercher deux verres au bar pour qu'on finisse de bavarder ?

— Je peux faire du chocolat chaud, plutôt, qu'en dites-vous ? J'ai encore tellement de travail. Si je commence à boire, je vais finir au lit bien plus tôt que prévu.

— Va pour un chocolat chaud !

Elle se glisse sur la banquette violette en velours que j'ai fabriquée spécialement pour la boutique et dépose ses gants sur la table.

— Je reviens tout de suite, dis-je avant de disparaître dans la cuisine pour aller chercher deux tasses et le chocolat chaud que j'ai laissé mijoter sur la cuisinière.

Même si j'habite Chicago depuis des années, mon corps ne s'est toujours pas habitué au froid. Ayant grandi dans le sud, toute température en dessous de quinze degrés met mon corps en état de choc. Le chocolat chaud est devenu mon aliment de base pour survivre aux soirées d'hiver glaciales, surtout depuis la mort de Mitchell.

— Et voilà.

Je prends place en face d'elle et pose les tasses entre nous. Elle en entoure une de ses doigts effilés et se délecte de la chaleur.

— À quand le grand jour de l'ouverture, déjà ?

— Dans une semaine, dis-je en soupirant. Il y a encore tellement à faire, et mon entrepreneur n'est pas fiable.

— C'est une honte.

Je hausse les épaules. J'ai appris à ne dépendre de personne, même quand il est question d'argent.

— J'aurais dû le prévoir, mais j'étais tellement enthousiaste que je n'ai pas préparé de plan B.

Elle porte la tasse à ses lèvres et souffle sur la surface du chocolat.

— Il est parfois dur d'anticiper les imprévus.

Elle ne croit pas si bien dire. Je n'avais jamais prévu que Mitchell ne revienne pas de sa mission. Quand on s'est mariés, je savais dans quel genre de vie je mettais les pieds. La vie militaire n'est pas faite pour tout le monde. J'ai accepté les longues absences de mon mari dans la mesure où il me revenait toujours. Je savais qu'il était en danger chaque fois qu'il partait pour Dieu sait où, mais pas une fois je n'ai pensé qu'il ne rentrerait pas. Bien sûr, j'ai connu des femmes ayant perdu leurs époux dans des missions, mais je n'ai jamais cru me retrouver à leur place.

J'étais naïve, je sais.

Quand j'y repense, j'étais vraiment une abrutie. Mais Mitchell semblait plus fort que la vie elle-même, il avait l'air invincible.

— Tu aurais peut-être besoin de sortir, un de ces soirs, pour te détendre un peu. Tout ce stress n'est pas bon pour toi.

Elle boit une gorgée en me regardant au-dessus du mug.

— Vous avez peut-être raison.

— Je sais qu'une soirée dehors ferait aussi du bien à Angelo.

J'adore cette femme. Elle ne laisse rien au hasard. Elle ne se contente pas de simples allusions, elle met les deux pieds dans le plat.

— Je suppose que ce n'est pas facile pour lui, avec les enfants.

Je sais qu'elle attend que je morde à l'hameçon, mais je n'en fais rien, même si la perspective d'une soirée avec Angelo ne représente absolument pas une épreuve. Cet homme est beau, gentil et il suffit que je pose mon regard sur lui pour que mon corps soit prêt à danser le mambo à l'horizontale.

Elle chasse mon argument de la main.

— Je garderai les enfants. Ils ne seront pas toujours petits, alors je les gâte pendant que je peux. Vous devriez sortir tous les deux pour apprendre à vous connaître un peu mieux, dit-elle avec un sourire en coin.

Je me penche en avant et pose mon mug sur la table en marbre gris et rose.

— Je peux être franche, Betty ?

Elle hoche la tête.

— Je ne pense pas qu'Angelo soit prêt et je ne suis pas sûre d'être celle qu'il lui faut.

Elle me fixe un moment sans rien dire. Je suis vraiment flattée qu'elle veuille qu'on passe du temps ensemble. Qui ne le serait pas quand la mère d'un type si sexy vous demande d'apprendre à connaître son fils un peu mieux ?

— Je connais mes enfants. Angelo est plus sensible que la plupart des gens. Perdre Marissa l'a presque détruit. Mais je sais aussi qu'il n'est pas fait pour vivre seul.

— Je…

— Je pense que vous seriez parfaits l'un pour l'autre.

— Betty, dis-je en essayant de mettre de l'ordre dans mes pensées. Je comprends son deuil probablement mieux que la plupart des gens sur cette Terre. On souffre dans le noir en ressentant une impuissance infinie. J'ai mis longtemps à me sentir à nouveau humaine. Je n'ai jamais connu une douleur aussi dévastatrice. Je sais que toute sa famille souhaite ce qu'il y a de mieux pour lui et veut le voir aller de l'avant, mais tant qu'il ne sera pas prêt, rien ne pourra ouvrir son cœur, même s'il rencontrait la personne parfaite.

— Il se sent seul. Même avec les enfants, il se sent seul. Je ne pense pas qu'il puisse sortir des ténèbres sans tomber sur quelqu'un de lumineux. Quelqu'un qui lui rappellera ce que c'est d'être aimé, d'être un homme…

Elle tend un bras au-dessus de la table et me touche la main.

— Je ne te demande pas de l'aimer, ma chérie, mais peut-être d'être son amie. Comme tu l'as dit, personne ne peut comprendre ce qu'il traverse mieux que toi. Peut-être qu'il se sentira à même de se confier à toi. Tu peux peut-être au moins l'aider à voir qu'il y a encore une vie à vivre.

Je la comprends. Pendant des années, j'ai refusé de rejoindre des groupes de soutien. Je ne pensais pas que ça pouvait m'aider. Et puis, parler à des inconnus de choses si personnelles n'était pas si simple. Mais finalement, me confier à des gens et voir que je n'étais pas seule à me battre avec ces émotions m'a apaisée, même à court terme.

— Il est toujours bon d'avoir des amis. Seulement, je ne veux pas que vous vous fassiez des idées.

Ça me fait presque de la peine de lui dire ça. Je pourrais facilement tomber raide dingue d'un homme comme Angelo. Il dégage une intensité un peu impressionnante, mais Mitchell n'était pas un agneau non plus. Les hommes forts sont toujours un peu excessifs, mais je n'ai jamais été attirée par les mecs branchouilles qui portent des jeans serrés et se confondent en mots doux. J'ai besoin d'un homme qui a un peu de mordant.

Betty acquiesce en buvant une autre gorgée de chocolat chaud. Elle est d'une beauté à couper le souffle, avec ses cheveux roux clair et sa peau blanche.

— Bien sûr, ma chérie. Évidemment. Si l'étincelle n'y est pas, elle n'y est pas.

— Betty…

Elle me tend un piège et je tombe en plein dedans.

— Je n'ai jamais dit qu'il n'y avait pas d'étincelle. Du moins, pour moi. Seulement, je ne peux pas précipiter l'ouverture de son cœur.

Son visage s'illumine de joie.

— Bien sûr, bien sûr. Je comprends tout à fait. L'amitié est un très bon début, dit-elle en tapotant les commissures de ses lèvres du bout de ses doigts. Tu as dit que tu avais des difficultés à venir à bout des travaux ?

Je hoche la tête en repoussant ma tasse de chocolat.

— C'est vrai. Certaines choses restent à faire et je n'ai pas les compétences pour les terminer, dis-je en haussant les épaules. Je vais devoir chercher quelqu'un pour me donner un coup de main, je vais regarder les sites de petites annonces.

— C'est hors de question, dit-elle en secouant la tête. J'ai deux hommes juste à côté qui peuvent s'en occuper. Même trois, si on compte Vinnie qui devrait arriver d'un jour à l'autre pour passer la fin de ses vacances de printemps à la maison.

— Je ne pourrais pas…

— Ma biche, laisse mes garçons t'aider. Ils adorent qu'on ait besoin d'eux et, actuellement, tu es dans le besoin. C'est comme ça que ça se passe, dans le quartier. On est une petite famille, unie non pas par les liens du sang mais par ceux de la géographie.

J'ai comme l'impression que ça n'est pas toujours le cas. Si j'étais un vieux monsieur grincheux avec un problème sur les bras, je n'aurais pas droit à trois hommes bien charpentés mandatés par leur mère pour voler à mon secours.

— Que vont penser vos garçons en apprenant que vous avez proposé leurs services ?

— Ils feront tout ce que je leur dirai de faire, répond-elle avec un sourire en coin.

Je n'ai aucun doute sur le fait que Betty soit la cheffe de famille. C'est très italien. Je ne crois pas connaître un seul Italien qui n'obéisse pas à sa mère au doigt et à l'œil. Ce n'est pas si grave. Après tout, un homme qui adore sa mère doit savoir comment traiter une femme et avoir appris ce qu'est le respect. C'est un mode de vie que je pourrais adopter.

— Laissez-moi voir si je peux trouver quelqu'un d'autre, avant. Si je ne trouve personne, je demanderai à vos garçons de me donner un coup de main.

Elle acquiesce à nouveau et se glisse hors de la banquette.

— Entendu.

Je me lève à mon tour. Je la dépasse d'une tête, avec mes talons aiguilles.

— Merci d'être passée, dis-je en restant plantée là parce que je ne sais pas trop si je dois l'embrasser ou non.

Tous mes doutes sont balayés quand Betty passe les bras autour de moi et me serre tout contre elle, au point de me donner envie de fondre en larmes. Personne ne m'a tenue dans ses bras depuis si longtemps, à part Roger. Son émotion me touche et, à ce moment-là, je sais que je pourrais non seulement craquer pour Angelo, mais aussi pour sa famille.

CHAPITRE 9
ANGELO

TATE APPUIE son visage contre la vitrine du magasin de cupcakes.

— Où est Tilly ?

Elle me jette un coup d'œil avant de regarder à l'intérieur à nouveau.

— Peut-être qu'elle n'est pas encore arrivée. Allez viens, Tate. Mamie nous attend et j'ai du travail.

— Peut-être qu'elle m'apportera d'autres cupcakes, aujourd'hui, dit Tate en trottinant à mes côtés avant d'attraper ma main. Ils étaient trop bons, pas vrai papa ?

Elle lève les yeux vers moi, cherchant à attirer toute mon attention.

— Ils étaient délicieux, ma puce. Merci de les avoir partagés avec Brax et moi.

Elle sourit. Elle est fière d'elle. Cette petite goinfre ne m'en a donné que la moitié d'un, mais c'est un début. Elle n'a jamais été encline à partager la nourriture, surtout les desserts. Elle planterait volontiers sa fourchette dans la main de qui voudrait lui prendre une bouchée plutôt que de partager. Elle a quand même donné à Brax un cupcake entier, alors je suppose que c'est un progrès.

— Tu penses que Tilly pourrait venir nous voir, un de ces jours ? demande-t-elle.

Elle me laisse baba. Je baisse les yeux sur elle et elle lève les siens vers moi. Je vois tellement d'espoir dans ce regard bleu…

— Peut-être, Tate. Tilly est une femme très occupée.

— Tu pourrais l'inviter à dîner. Tout le monde doit manger, déclare-t-elle comme si elle avait trente ans et non pas sept.

— On verra.

Briser tout son enthousiasme à onze heures du matin est la dernière chose que je souhaite. Elle n'a toujours pas oublié l'histoire du cheval… Je ne pardonnerai peut-être jamais à Daphné d'avoir parlé comme ça devant elle.

— Ça me rendrait vraiment, vraiment heureuse, dit-elle quand on passe la porte d'entrée d'*Accro & Tumulte*.

Ma fille, je lui mange dans la main. Et elle en est bien consciente. Bon sang, tout le monde sait que je suis à ses ordres. Toutes les petites filles mènent leur père à la baguette, et Tate ne fait pas exception.

— Mamie !

Tate fonce à travers le bar et court tout droit dans les bras grands ouverts de ma mère.

— Hey, ma puce. Prête pour une chouette journée ?

Ma la soulève du sol et lui fait un énorme câlin.

Je porte Brax jusqu'au comptoir du bar, le pose dessus et le laisse jouer quelques minutes de plus avec son Transformers. Ses petits pieds pendouillent et viennent se cogner dans le meuble en bois sous le bar.

— Tu veux boire quelque chose, Brax ?

— Non.

Il ne me regarde même pas, trop absorbé qu'il est par le jouet qu'il a dans les mains.

— Je veux aller faire du patin à glace au parc, aujourd'-hui, dit Tate à ma mère avec une telle excitation à l'idée d'en faire qu'elle en tremble presque.

Lucio passe la porte d'entrée en frissonnant.

— Wahou, ce qu'il fait froid, dehors ! Je n'en peux plus, de ce temps.

On en a tous marre des longs hivers. J'ai déjà songé à rejoindre l'autre partie de la famille en Floride, mais je n'ai jamais pu me résoudre à laisser mes parents.

— N'enlève pas ton manteau, dit Ma à Lucio avant de se tourner vers moi. J'ai besoin que vous rendiez un service, aujourd'hui.

Elle manigance quelque chose. Je demande :

— Et qui va tenir le bar ?

— Votre père et moi, dit-elle en penchant la tête et en croisant lentement les bras. J'ai tenu ce bar plus d'années que vous deux réunis. On devrait pouvoir s'en tirer.

— Qu'est-ce que tu veux qu'on fasse, par tous les diables ? demande Lucio en frottant ses mains pour tenter de les réchauffer.

Ma fait un mouvement de tête vers le côté du bar.

— Tilly a besoin d'aide à la boutique.

— Attends, dit Lucio en inclinant la tête. De quel genre d'aide ?

— Son entrepreneur a disparu dans la nature. Elle a besoin d'un coup de main pour finir quelques travaux, histoire de pouvoir ouvrir en temps et en heure, la semaine prochaine.

— Je vais le faire.

Il n'y a aucune chance que je laisse le bar à mes parents et je n'ai surtout pas besoin que Lucio vienne aider Tilly avec moi.

— Lucio peut rester là.

— Je peux aider, m'man, dit Lucio instantanément.

— Non, dis-je. Il n'y a sûrement pas de travail pour deux.

Ma mère sourit pour quelque raison bizarre et répond :

— C'est bien aussi, s'il y va seul.

Lucio hausse les épaules.

— Je serai ici, si vous avez besoin de moi, dit-il en enlevant son manteau.

Je descends Brax du comptoir et le guide vers sa grand-mère.

— Soyez sages, aujourd'hui. Écoutez bien mamie, dis-je à Tate et Brax.

Tate hoche légèrement la tête.

— On est toujours sages, papa.

Ma vient vers moi et pose une main sur mon bras.

— Merci, dit-elle. J'ai de la sympathie pour cette fille et je n'aime pas la voir galérer. Elle en a déjà assez bavé.

— Je prendrai soin d'elle, Ma.

— Tu es un homme bien, mon petit, dit-elle en effleurant ma joue. Tu es sûr de ne pas vouloir que Lucio t'accompagne ?

Je secoue la tête.

— Je m'en occupe.

Habituellement, j'aurais été ravi que Lucio m'aide, mais pour être honnête, je suis content à l'idée de passer du temps seul avec Tilly. Plus il y aurait de gens autour de nous, plus la situation serait gênante.

Je mentirais si je niais l'étincelle qu'il y a entre nous. Ce sont peut-être nos passés qui nous poussent l'un vers l'autre. À moins d'avoir traversé les épreuves qu'on a connues, il est impossible de comprendre la profondeur de nos chagrins.

— Prends ton temps, me dit Ma. Je garderai les enfants aussi longtemps qu'il le faudra. Tilly t'attend.

Je la vois venir. Je la vois comploter à dix kilomètres.

— Je ne serai pas long, dis-je en l'embrassant tendrement sur la joue. Merci.

C'est pour veiller sur les enfants que je la remercie, mais je sais bien qu'elle l'entend autrement. Elle n'a d'yeux que pour une possible histoire d'amour et une future madame Angelo Gallo. Elle a fait la même chose avec Lucio, en le poussant vers Delilah. Évidemment, il aurait fini par aller vers elle tout seul, Ma et moi avons seulement un peu accéléré le processus.

Je sors du bar et m'arrête sur le trottoir entre les deux bâtiments pour prendre une profonde inspiration. Tilly me déstabilise totalement. C'est peut-être l'effet de son adorable façon de parler, ou parce qu'elle porte l'odeur d'un dessert…

J'entre dans la boutique de cupcakes en ouvrant la porte un peu plus violemment que je ne l'aurais souhaité. Je n'avais même pas vu l'échelle, ni Tilly perchée dessus en train d'astiquer un luminaire jusqu'à ce qu'elle pousse un hurlement horrifié et tente de se raccrocher à quelque chose, en vain. Elle tombe en arrière et je la rattrape.

— Mon Dieu, je suis vraiment désolé !

Je la tiens fermement contre moi, et la sentir dans mes bras me plaît beaucoup.

— Tu m'as foutu une de ces trouilles ! dit-elle en suffo-quant. Dieu merci, tu m'as rattrapée.

— Je ne t'aurais jamais laissée tomber, dis-je en fixant ses beaux yeux verts.

Elle tremble.

— Il n'y a rien de tel qu'être au bord de casser sa pipe pour se rappeler à quel point on est vivant, dit-elle pour tenter de relativiser le fait que j'aurais vraiment pu la tuer.

Je profite de sentir son corps, doux et léger, contre le mien.

— Que faisais-tu perchée tout là-haut en chaussures à talons, bon sang ?

— Je porte toujours des talons, répond-elle avec un sourire innocent.

Je demande, un peu plus joueur qu'à mon habitude :

— Toujours ?

— Toujours.

Je l'imagine bien toute nue, ne portant rien d'autre qu'une paire de talons aiguilles rouges, debout au pied de mon lit. Mon plexus en est tout chaviré, émoustillé tout comme ma queue.

— Je devrais probablement te reposer, maintenant, dis-je, même si à ce moment-là, je n'en ai pas très envie. Ma a dit que tu avais besoin d'aide.

— Tu n'es pas obligé de m'aider. Je peux engager quelqu'un.

— Non. Je le ferai avec plaisir.

Son regard s'illumine.

— Vraiment ?

— Ne sois pas bête. Je suis prêt, volontaire et compétent. Je suis à ta disposition.

Un sourire amusé se dessine sur ses lèvres.

— Eh bien, tu devrais peut-être commencer par me reposer, ou les travaux ne se feront jamais.

J'avais presque oublié que je la portais toujours. Je me sens bête. Je marmonne :

— Par quoi veux-tu que je commence ?

Quand je la relâche, elle glisse le long de mon corps, en se collant un peu trop près pour que ça puisse être innocent.

— Alors… Je pourrais te montrer la liste des choses à faire pour qu'on avise ensemble.

— Je suis ton homme.

Je m'empêche d'en dire plus.

Où est-ce que je suis allé chercher ça ? Mais quand je suis près de Tilly, je n'ai plus l'impression d'être Angelo le veuf. Je me sens plutôt comme Angelo l'homme au sang chaud.

Six heures plus tard, on a fait quasiment tout ce qu'il y avait sur sa liste. Son entrepreneur l'a clairement arnaquée en bossant à la vitesse d'un escargot en vue de lui soutirer plus d'argent. Il n'y a aucune raison que ces travaux n'aient pas été terminés. Mais dans un sens, je lui en suis reconnaissant. Sans ses conneries, je ne serais pas assis par terre à côté d'elle, épuisé et content comme je ne l'ai pas été depuis longtemps.

— Tilly… dis-je en m'adossant au mur, les bras posés sur mes genoux. Tu voudrais sortir dîner avec moi ? En bons amis, bien sûr.

Je précise ça pour ne pas l'effrayer, et aussi pour esquiver ma propre culpabilité.

— Seulement si tu me laisses t'inviter en guise de remerciement.

Je me tourne vers elle en plissant les yeux.

— Certainement pas. C'est moi qui te propose de sortir dîner et, par conséquent, c'est moi qui invite. Je ne laisserais jamais une femme payer.

Elle hausse les sourcils.

— C'est un rencard ?

Je me frotte la nuque en me demandant ce que je suis en train de faire.

— Je ne sais pas…

Est-ce que je l'invite en tant qu'amie ou est-ce que j'attends plus de cette soirée ? Ma tête et mon cœur sont assez incertains – ce qui n'est pas en phase avec ma queue qui, elle, veut clairement un rencard avec Tilly.

— Si on sort en tant qu'amis, je ne peux pas te laisser payer, dit-elle.

— Je t'invite à dîner. Vois-le comme tu veux. On ne sait pas grand-chose l'un de l'autre et j'aimerais apprendre à te connaître. Je voudrais me détendre et manger un bout en bonne compagnie au lieu d'entendre deux gamins se chamailler pendant tout le repas.

— Tes enfants sont formidables, Angelo, dit-elle en riant.

— J'aimerais pouvoir dire que c'est grâce à moi qu'ils sont si merveilleux, mais je crois que le mérite revient plus à leur mère.

— Ne te sous-estime pas. Tu es un père génial.

Je me rends compte que pour la première fois depuis la mort de Marissa, j'ai parlé d'elle comme la mère de mes enfants et non comme ma femme. Je me trouve presque obscène.

— Quelle que soit la façon de voir cette invitation, je suis libre ce soir, me dit-elle, m'empêchant de m'appesantir sur la culpabilité qui commence à me ronger. À moins que ce ne soit trop tôt.

— Ce soir, c'est parfait, dis-je rapidement parce que si je reporte, il y a de grandes chances que je me dégonfle. C'est très bien.

— Tu veux que je revienne ici ?

— Je viendrai te chercher.

Je veux faire les choses bien. Elle me dévisage un instant en se mordant la lèvre.

— J'habite à South Loop. Tu es sûr que ça ne te fait pas trop loin ?

— Tu n'auras qu'à m'attendre à vingt heures. Je ferais mieux de rentrer et d'aller chercher les enfants.

On se relève tous les deux et on se regarde pendant un moment, un peu gênés.

— Je te dois une fière chandelle pour ton aide, Angelo. Je trouverai un moyen de te rendre la pareille.

— Je ne t'ai pas fait une faveur pour que tu aies une dette envers moi. M'accompagner dîner est un retour suffisant.

L'espace d'une seconde, je crois qu'elle va me prendre dans les bras. Mais au lieu de ça, elle recule. Peut-être qu'elle ressent la même chose que moi : une forte et indéniable attirance. Mais nous sommes tellement empêtrés dans nos passés compliqués que ça nous empêche d'agir.

Nous stagnons dans l'immobilisme.

Piégés par le souvenir de quelqu'un qui n'est plus là.

CHAPITRE 10
TILLY

ROGER EST ASSIS sur mon lit. Il pianote frénétiquement sur son téléphone pendant que j'épluche toute ma garde-robe.

— Arrête de te prendre la tête…

Facile à dire pour lui. C'est un pro des rencards et la moindre de ses fringues est au top.

— Tu ne m'aides pas.

Je pousse toutes mes robes d'un côté de mon placard. En fait, toutes mes tenues aussi sont habillées.

— Mets la robe noire.

— Laquelle ?

J'ai dix robes noires, parce qu'une fille n'en a jamais trop.

— La robe étroite sans manche avec le décolleté en cœur.

— Mais c'est…

Il m'interrompt :

— Elle est coquine et sexy, sans en faire trop. La fille qui la porte se montre sans s'exhiber. Si l'homme est prêt à prendre les devants, elle fera l'affaire.

Je sors du placard la robe dont il parle et l'examine.

— Ce n'est pas vraiment une robe d'hiver, Roger.

— Arrête d'avoir toujours l'esprit si pratique, Til. Mets un manteau bien chaud et tout ira bien. Ce n'est pas comme si tu allais au restaurant à pied.

Il s'esclaffe, jetant finalement son téléphone de côté. Je sors du dressing, la robe à la main.

— Où vas-tu, d'ailleurs ?

— Je ne sais pas. Il ne l'a pas précisé.

Je plaque la robe contre mon corps et fixe Roger. Je le sollicite encore :

— Cheveux attachés ou lâchés ?

D'habitude, je n'ai pas besoin de lui pour choisir mes vêtements, mais je ne suis pas sortie avec un homme depuis si longtemps que je me sens un peu perdue. J'ai l'impression d'être une adolescente qui se prépare pour son premier rendez-vous sans avoir la moindre expérience de la vie.

— Attachés. Ton décolleté est trop joli pour être caché et ça mettra en valeur tes seins.

— Roger, si je ne te connaissais pas mieux, je croirais que tu adores mes seins.

Il se met debout, me prend la robe-chaussette des mains et attrape mon soutien-gorge à balconnets derrière la porte de mon placard.

— Je suis quand même capable d'apprécier le corps des femmes, même si ce n'est pas ma tasse de thé. Mets ça, avec les chaussures rouges à talons aiguilles. Tu seras canon, ma p'tite.

Je fronce les sourcils en m'imaginant habillée comme ça. J'ai bien peur que ce soit exagéré.

— Ce n'est pas un peu trop ?

— Tu ne seras jamais trop habillée, Til, répond Roger en

m'attrapant par les épaules pour me dévisager. Ce type te plaît ?

— Je pense que oui.

— Arrête. Tu ne serais pas en train de te prendre la tête comme ça pour une tenue si tu ne ressentais rien pour lui.

— Très bien, dis-je en grognant. Il me plaît.

— Va prendre une douche. Et rase tes jambes.

Je le regarde, bouche bée.

— Mieux vaut que tu sois prête. Sait-on jamais comment la soirée peut finir…

Je secoue la tête.

— Je ne suis pas prête à franchir ce pas.

— Et une paire de jambes poilues te servirait d'armure ?

Je dénude un mollet et caresse le léger duvet qui le couvre du bout des doigts.

— Elles ne sont pas poilues.

— Elles ne sont pas douces non plus. Rase-les. Et laisse le reste en friche si tu as besoin d'un garde-fou pour épargner ta virginité retrouvée.

— D'accord.

Je lui prends ma robe et mon soutien-gorge des mains.

— Si ça devient chaud, tu pourrais regretter ta décision.

Je marmonne :

— Les hommes ne se donnent pas tant de mal, putain.

— Hey… Certains hommes se rasent aussi ! dit Roger avant que je ferme la porte de la salle de bain.

Je me regarde dans le miroir. Je me demande bien jusqu'où je serais prête à aller avec Angelo si j'en avais l'occasion. Personne ne m'a touchée depuis si longtemps. Aujourd'hui, quand je suis tombée et qu'il m'a rattrapée dans ses bras, je n'étais pas pressée d'en sortir. C'était tellement bon de sentir des bras puissants autour de moi. J'avais presque oublié à quel point ça pouvait être réconfortant.

Trente minutes plus tard, j'émerge de la salle de bain, les cheveux tirés en un chignon serré, la robe mettant mes formes en valeur grâce au soutien-gorge à balconnets que je garde pour certaines occasions spéciales.

Roger, qui est assis sur mon lit, se redresse et pose son téléphone sur ses genoux. Il siffle.

— S'il existe le moindre espoir, cet homme sera attiré vers toi comme un papillon vers la lumière.

Je balaye son commentaire de la main.

— Tu es ridicule.

— C'est l'effet que tu me ferais, si j'étais hétéro.

— Et ça serait plus qu'embarrassant, dis-je en rechignant tout en brandissant deux petits tubes. Rouge à lèvres ou gloss transparent ?

Même la décision la plus insignifiante m'est difficile à prendre. Je penche plutôt vers le rouge, d'habitude, mais je ne veux pas passer pour une minette complètement lubrique. Je vise une beauté classique plutôt qu'un air de pute. Il me semble que la robe me rapproche déjà suffisamment de la prostitution et entre la classe et la vulgarité, il n'y a qu'un pas.

— Du rouge sur les lèvres est un atout indispensable en ce genre d'occasion.

— C'est un dîner entre amis, dis-je pour le rappeler à l'ordre, alors même que je suis vêtue comme si j'étais prête à sauter sur ma proie pour obtenir une partie de jambes en l'air.

— Je suppose que ce mensonge vous arrange tous les deux.

Je réfléchis à la pertinence de sa déclaration, mais je n'ai pas le temps de décortiquer le sujet.

Dès que j'entends frapper à la porte, mon estomac se noue. Peut-être que ce n'est pas une si bonne idée, finalement. Peut-être que je ne suis pas prête. Et j'ai beau essayer de me convaincre et m'encourager, ça ne change rien.

Respire, Tilly. Respire.

— C'est l'heure, dit Roger en roulant jusqu'au bord du lit.

Il se sent tout à fait bien, égal à lui-même. C'est un truc typiquement masculin. Les hommes ont toujours l'air droits dans leurs bottes, et je leur en veux un peu pour ça.

— Trop tard pour reculer. Veux-tu que je t'appelle dans quelques heures pour te servir d'échappatoire ?

Même si sa proposition me tente, je secoue la tête.

— Il faut que je grandisse un jour, et je ne crois pas avoir besoin d'une porte de sortie avec Angelo.

Roger me tient par les épaules et me regarde droit dans les yeux.

— Tu peux le faire, Tilly. Tu le mérites. Autorise-toi à t'amuser ce soir. Tu es encore debout et vivante, mais maintenant tu dois commencer à en profiter. Les regrets pourrissent la vie.

J'ai eu assez de regrets pour le restant de mes jours. Je n'en veux surtout pas d'autres. Je dois reprendre le contrôle de ma vie et m'accorder ce que je me suis refusé depuis des années.

— Reste ici. Je ne veux pas qu'Angelo se fasse des idées. Fais comme chez toi.

Roger acquiesce.

— Amuse-toi bien. J'attends un compte-rendu complet demain.

— Je n'en attendais pas moins de toi.

Je l'embrasse sur les deux joues.

— Souhaite-moi bonne chance.

— Tu n'as que faire de la chance avec des seins pareils, Til.

Je crie en me ruant vers la porte :

— J'arrive !

Je laisse Roger dans ma chambre. Angelo frappe à nouveau. Je prends une profonde inspiration, la main sur la poignée de la porte d'entrée, le temps de retrouver mes esprits.

— Tu gères, me dis-je à voix haute parce que, d'une certaine manière, me l'entendre dire me fait du bien.

Suis-je cinglée ? Peut-être, mais ça fonctionne. J'ajoute :

— Ce n'est pas un rencard. On est juste amis.

Quand j'ouvre la porte, Angelo se tient adossé au mur. Il porte une chemise blanche et un pantalon noir, ce qui le rend encore plus appétissant qu'en jean et t-shirt. Mais ce mec pourrait s'habiller d'un sac, il serait toujours aussi beau.

— Hey.

Mon ventre papillonne et je le bouffe des yeux.

Il détaille mon corps de la tête aux pieds avec concupiscence.

— Tu es magnifique.

Le compliment me donne un coup de chaud et les endroits de mon corps qui n'ont pas été touchés par un homme depuis des années me rappellent à leur bon souvenir.

— Merci.

Je me retiens de minimiser l'importance de ma tenue ou de ma silhouette et réponds :

— Tu es tout pimpant toi aussi.

Pimpant n'est pas le bon mot. Je suis complètement déphasée, en jouant aux rendez-vous galants à plus de trente ans. Bordel… Qui dit encore *pimpant*, de nos jours ?

Son corps a l'air carrément appétissant, au point que je pourrais passer des heures à en explorer chaque creux et chaque bosse, si seulement j'étais prête pour ça. Quelle grande gueule je suis, mais bon sang, rien que de penser à toutes les choses cochonnes que je pourrais faire avec lui…

Mais en serais-je capable ?

Ça fait si longtemps que je n'ai pas laissé un autre homme me toucher que je ne suis pas sûre de pouvoir m'y résoudre. En théorie, je sais que Mitchell n'est plus là, mais mon cœur n'a pas vraiment accepté cette réalité.

— Tu es prête ?

— Oui, dis-je simplement, parce que je ne veux pas avoir l'air trop empressée.

Je suis tout excitée de sortir dîner avec quelqu'un, même si on est juste amis. Dans une ville qui compte des millions d'habitants, il y a très peu de gens que je considère être des amis. Et un de plus est toujours le bienvenu, surtout quand il s'agit d'un bel homme comme Angelo.

Il fait un pas de côté pour libérer le passage comme un vrai gentleman. Je peux sentir l'ardeur de son regard dans mon dos quand je marche devant lui.

— Où allons-nous ?

— Je me disais qu'on pourrait aller manger un bon steak. Il y a un excellent restaurant pour ça, pas loin d'ici. À moins que tu aies envie d'autre chose. Si tu préfères un endroit plus décontracté, ça me va aussi. Je ne suis pas difficile, j'aime tout.

— Je suis plutôt d'humeur à manger une pizza.

Son pas lourd s'arrête derrière moi.

— Une pizza ?

Je le regarde par-dessus mon épaule.

— C'est ce que je préfère. J'ai entendu parler d'une super pizzeria du côté de South Side : *Vito & Nick's*.

Angelo hausse les sourcils.

— Tu tiens vraiment à aller chez Vito & Nick's ? demande-t-il en se remettant à marcher pour me rattraper.

Je hoche la tête. Il n'y a rien de meilleur qu'une pizza à la croûte fine, couverte de fromage fondu, avec une bière fraîche pour la faire descendre.

— Oui. Pourquoi est-ce que ça semble si dur à croire ?

— Tu n'as pas vraiment l'air du genre à manger des pizzas. Et puis, il y a ta tenue…

— Je suis vraiment une fille à pizzas, dis-je en riant.

Dans le couloir gelé, je peux sentir la chaleur de son corps près du mien.

— Tu es sûre ?

Je m'arrête pour toiser son regard bleu métallique. Je pourrais me perdre dans ses yeux, j'en suis consciente.

— J'en suis sûre. J'ai envie de me détendre, et ce n'est pas dans un restaurant-grill guindé et hors de prix que je vais pouvoir le faire.

On est à quelques pas de la porte principale de mon immeuble lorsque Angelo pose une main sur mes reins. Son geste est léger mais manifeste. J'en perds mon latin et ne peux quasiment plus respirer.

Être touchée de la sorte m'a manqué. Il n'y a là rien de cavalier ni de sexuel, mais une virilité réconfortante. C'est quelque chose que Mitchell faisait souvent et j'avais oublié à quel point un geste si simple pouvait faire du bien.

— Va pour une pizza, dit-il en me guidant vers la sortie, sa main toujours dans mon dos. Tout ce qui te fera plaisir.

Je suis toute chamboulée. J'ai l'impression que mon plexus est une boîte minuscule remplie de papillons qui volent en tous sens et se cognent aux parois en cherchant la sortie.

C'est l'effet qu'il me fait.

Cet homme me fait crever de désir pour ce que je n'ai pas désiré depuis bien trop longtemps.

CHAPITRE 11
ANGELO

JE N'AURAIS JAMAIS IMAGINÉ que la soirée puisse se dérouler aussi agréablement. Je ne me suis pas senti à l'aise à ce point avec quelqu'un depuis très longtemps. Je suis soulagé qu'il n'y ait pas eu un seul temps mort.

— Un autre ? dis-je en me resservant de la bière, le pichet à la main.

Tilly acquiesce en poussant son verre devant moi.

— Tu rouleras sous la table avant moi, dit-elle pour me taquiner, en se penchant en avant. N'oublie pas : j'ai été élevée à l'alcool de contrebande.

— Je n'en serais pas si sûr, à ta place. Je ne bois pas souvent, avec les enfants dans les parages, mais j'ai la réputation de tenir l'alcool mieux que la plupart des gens.

— Tu veux parier ?

Elle hausse un sourcil, me défiant.

Bon Dieu ! J'aime les femmes joueuses qui aiment parier sur des trucs sans importance.

— Peut-être. Même si je ne récupère pas aussi vite que

109

quand j'étais jeune. Une gueule de bois avec deux enfants n'est vraiment pas drôle.

Elle grimace.

— Je ne peux même pas imaginer. Je ne sais pas comment tu fais ça.

— Quoi ? M'occuper des enfants ?

— Comment tu as survécu…

Son humeur s'assombrit et elle baisse les yeux sur sa bière.

— Pendant longtemps, je n'ai même pas été capable de m'occuper de moi-même. Je ne sais pas si j'aurais pu, dans ma douleur, prendre soin de deux enfants.

— Ma famille m'a bien aidé. Surtout Lucio. Je me suis mis en pilote automatique, en quelque sorte, et j'ai vécu au jour le jour. Je n'ai pas beaucoup de souvenirs de la première année, parce que je l'ai traversée dans un brouillard total.

Parfois, je suis même surpris qu'on ait tous survécu à la mort de Marissa. Je n'aurais pas pu me relever, sans ma famille. Certains jours encore, je ne suis pas sûr d'y arriver, mais les enfants me tirent vers le haut et me maintiennent dans le présent.

— Je connais ces sensations, dit-elle en soupirant, relevant ses yeux verts jusqu'aux miens. Il t'arrive de te sentir coupable ?

— Tous les jours.

— Je me sens coupable, là, tout de suite, admet-elle.

— Tu as l'impression de le trahir ?

Elle hoche la tête lentement.

— Il y a toujours une part de moi qui pense à Mitchell et quelque part, en étant ici avec toi, en appréciant ta compagnie, j'ai l'impression de faire quelque chose de mal. Comme si je trahissais sa mémoire et nos serments.

Je sais parfaitement ce qu'elle veut dire. Tout apparaît comme une trahison. Le simple fait de respirer alors que Marissa ne le peut plus me donne l'impression d'être en tort. La culpabilité diminue avec le temps mais parfois, elle est encore oppressante.

Je tends mon bras au-dessus de la table et pose ma main sur la sienne.

— Je ressens la même chose, Tilly. Je pense que ce sont des sentiments inévitables quand on a perdu quelqu'un qu'on aimait vraiment.

— Je ne suis jamais sortie avec un autre homme depuis, dit-elle en fixant mes doigts alors que je fais glisser mon pouce sur son poignet. Et je n'ai jamais laissé un autre homme me toucher depuis…

— Quand on a dit *pour toujours*, c'est compliqué d'ouvrir son cœur à nouveau. Ma famille n'arrête pas de me répéter qu'il est temps, mais…

— Personne ne peut savoir sans avoir vécu ce qu'on a vécu, Angelo.

— Dîner avec toi est la première sortie que je fais depuis la mort de Marissa qui pourrait s'apparenter à un rendez-vous.

Ma liaison avec Michelle était différente. Il n'était pas question d'amour, on n'avait pas de sentiments l'un pour l'autre. On n'est jamais allés jusqu'au bout et je ne l'ai même pas embrassée sur la bouche. Je ne me sentais pas à l'aise. Je savais bien qu'il n'y avait pas d'avenir possible pour nous, mais je ne savais pas comment le lui dire, jusqu'à ce qu'elle décide de quitter la ville.

Au bout du compte, le plaisir limité que j'en ai retiré ne valait pas la culpabilité que j'ai ressentie.

— Eh bien, dit Tilly en retournant sa main, emmêlant ses doigts dans les miens. Pourquoi est-ce qu'on n'appellerait pas ça un rencard, même si ça n'en est pas un ? Après, on ne dira pas qu'on ne l'a pas fait… Ce soir sera le premier pas de notre *comeback* ou, du moins, un pas qui nous évitera d'avoir trop de monde sur le dos.

— Ça pourrait marcher.

Une petite partie de moi aimerait qu'il s'agisse vraiment d'un rencard.

Tilly me plaît.

Elle me plaît beaucoup.

Elle est simple, lumineuse et tellement pétillante… J'ai envie de m'entourer de son énergie et de ne jamais en sortir.

Sans m'en rendre compte, j'ai gardé sa main dans la mienne, comme si c'était la chose la plus naturelle au monde. On reste assis de chaque côté de la table, nos corps connectés, sans se quitter des yeux.

— Roger dit que je dois arrêter de vivre dans le passé et aller de l'avant.

— C'est ce que me disent Daphné et ma mère.

— Il est bien intentionné. Ils le sont tous. Je dois être honnête avec toi, dit-elle en baissant les yeux. Ta mère est venue me parler de toi.

Mon corps se crispe. Je ne sais pas quoi en penser, même si la connaissant, je n'en attendais pas moins d'elle. Elle a un sacré culot et dit toujours ce qu'elle pense. Tout ce que je trouve à dire, c'est : *je suis désolé*, parce que je regrette qu'elle ait mis Tilly dans l'embarras.

— Ne le sois pas, répond Tilly en me regardant droit dans les yeux. Ce n'est pas à ce propos que je voulais être honnête.

— Oh, dis-je en haussant les sourcils.

— Le jour où on s'est rencontrés, quand j'ai fait tomber le mixeur, je sais que j'y suis allée vraiment fort, comme une folle, même.

— C'était adorable.

Elle rougit.

— J'avais fait le serment à Roger de me lâcher complètement avec le prochain homme qui me ferait tourner la tête.

J'avale difficilement ma salive, sachant qu'il s'agit de moi. C'est moi qui lui ai fait tourner la tête.

— Je n'avais rencontré aucun homme intéressant ou vraiment attirant jusqu'à ce que tu entres dans ma cuisine, avec ton corps musclé et ton beau visage. Tu as été le premier à réveiller mon désir, à me donner envie d'avancer dans ma vie.

Je demande, décontenancé mais aussi intrigué :

— Vraiment ?

— Oui, dit-elle en se mordant la lèvre. Je me sens complètement idiote de t'avouer ça, mais dans un souci de transparence, je veux être honnête avec toi.

Je caresse du pouce l'intérieur de son poignet.

— Pour être honnête, aucune femme n'a éveillé mon intérêt comme tu l'as fait ces derniers jours. Tu es charmante, belle… Tu ressembles un peu à un feu d'artifice. Donc, dans un souci de transparence, comme tu dis, sache que tu me plais beaucoup, et que je ne sais pas vraiment où j'en suis, face à ça.

— Ça me va ! dit-elle avec un grand sourire.

— Moi aussi.

Mon cœur s'emballe. Je me sens clairement plus vivant que ces dernières années.

— Je pense que nous devrions être amis, et si quelque chose de plus naît entre nous, qu'il en soit ainsi. On ne peut pas précipiter ces choses-là, surtout avec nos passés, même quand nos amis et nos familles nous poussent de toutes leurs forces.

— Alors, est-ce que c'est un rencard officiel ? me demande-t-elle, les yeux pleins d'espoir.

— Oui, dis-je, parce que pour la toute première fois, je peux l'affirmer sans avoir le bide en vrac. C'est un rencard.

— Pizza pepperoni bien cuite, déclare la serveuse venue se poster devant la table, l'assiette à la main.

Je ne lève pas les yeux et ne me redresse même pas.

Je n'en ai pas envie.

— Oh, pardon, dit Tilly en retirant sa main, rompant notre contact. Sens ça, ajoute-t-elle quand la serveuse pose la pizza au milieu de la table. C'est l'odeur du paradis !

J'ai beau aimer la pizza, j'ai bien d'autres idées à me passer en tête sur ma liste d'odeurs paradisiaques. Le parfum de Tilly, pour commencer. Marissa portait toujours Chanel n°5, mais Tilly a l'odeur d'une délicieuse friandise.

— J'aurais parié que les cupcakes étaient ton plat préféré.

Elle secoue la tête en faisant glisser une première part de pizza sur son assiette.

— Eh non. Je les adore, mais j'aime les pizzas par-dessus tout.

J'aime qu'une fille puisse porter des talons de douze centimètres avec une robe noire qui laisse peu de place à l'imagination, tout en descendant des bières bon marché et en dévorant des parts brûlantes de pizza pimentée aux pepperonis.

— Tu es différente de ce que j'imaginais.

Je la regarde mordre dans sa part à pleines dents, sans se soucier le moins du monde de se brûler.

Elle ouvre la bouche et agite sa main frénétiquement devant son visage.

— Oh putain !

Des larmes lui montent aux yeux. Elle saisit sa bière et en avale la moitié.

— Ça va ?

— Qui a besoin de toute cette peau sur le palais, de toute façon ? Les papilles gustatives sont surfaites, elles aussi, dit-elle en riant, tout en essuyant ses larmes.

Je pousse vers elle mon verre d'eau glacée en lui recommandant de boire.

Sans hésiter, elle attrape le verre et le vide en quelques gorgées.

— Mon Dieu ! Bon… Peut-être que ce n'est pas si grave.

Elle se remet à rire.

— Tu veux partir ?

— Non. Je vais faire payer à cette pizza de m'avoir brûlé la bouche.

Je ris à mon tour. Elle a la meilleure attitude qui soit dans toutes les situations. Je ne peux même pas l'imaginer déprimer un seul jour de sa vie. À la voir comme ça tout en sachant ce qu'elle a traversé en perdant son mari, je me dis qu'il y a encore de l'espoir pour moi.

— Ne te retiens pas pour moi. J'aime les femmes qui ont bon appétit.

— Eh bien, Ang, tu es sur le point de me voir défoncer

cette vilaine pizza, dit-elle en croquant un morceau – plus petit cette fois-ci, histoire de ne pas répéter sa performance. Dépêche-toi de manger, ou tu risques de mourir de faim.

Je prends seulement quelques parts que je mets en lieu sûr dans mon assiette. J'ai hâte de voir combien cette petite rouquine peut en engloutir. Elle a de la gueule, mais je veux voir si elle peut prouver ses dires. Je lui laisse carte blanche sur les deux tiers restants de la pizza.

— Tu peux la massacrer, lui dis-je.

J'adore le bruit qu'elle fait en mâchant chaque bouchée. Et mon sexe aussi. Chacun de ses gémissements le fait tressaillir. Je ferais mieux de me ressaisir. Trois ans sans faire l'amour, c'est long, qu'on ait prêté serment ou pas. J'ai prononcé les vœux avec ma bouche, ma queue et mes couilles n'y sont pour rien, et elles commencent à se rebeller.

Je mange mes parts de pizza tout doucement, ébahi de voir comment Tilly engloutit chacune des siennes, plus à la façon d'un *linebacker* de football américain que comme une dame du Sud qui préférerait mourir plutôt qu'enfiler un jean. En moins d'une demi-heure, elle liquide tout ce qu'il y a sur le plat en buvant la moitié du pichet de bière.

— Je suis farcie, déclare-t-elle en tamponnant ses lèvres avec la serviette.

Je la regarde en secouant la tête, stupéfait.

— Je ne sais pas où tu mets tout ça.

Elle laisse tomber sa serviette dans son assiette et pose les mains sur son ventre.

— Tu ne peux pas me défier et t'attendre à ce que je jette l'éponge. Tu ne trouveras pas plus compétitive que moi.

— Je vois ça, dis-je sans pouvoir me départir de mon sourire idiot. Tu veux encore à boire ?

Elle secoue la tête.

— Je ne peux vraiment plus rien avaler, sinon je ressemblerais plus à un roulé à la saucisse qu'à un être humain.

— Ne dis pas de bêtises. Tu es canon.

— Aucun homme ne m'a draguée depuis longtemps, dit-elle en touchant la base de son cou, attirant mon regard vers sa main. Attention, je pourrais m'y habituer.

— Je doute vraiment être le premier. Peut-être que tu n'as pas fait attention. Tout homme, pour un peu qu'il respire, pense au minimum ce que j'ai dit tout haut.

Elle rougit à nouveau.

— Je suis sûre que toutes les femmes sont dingues de toi.

Je secoue la tête en riant.

— Un père célibataire avec deux enfants, ça ne fait pas vraiment rêver.

— Un bel homme avec deux enfants qu'il chérit de tout son cœur a inévitablement de quoi faire tourner la tête.

— Pour tout te dire, mes manières peuvent en décourager plus d'une.

— Tu es un peu extrême, mais ça montre que tu es passionné.

— Je m'en souviendrai la prochaine fois que ma sœur me dira d'arrêter de faire le couillon ! Je lui expliquerai que je suis passionné.

— Pas sûr que ça marche, dit-elle en riant fort.

— Elle voudra sûrement m'en coller une ! dis-je en riant avec elle.

Tilly s'assombrit.

— Elle t'aime, au moins. Tu ne sais pas la chance que tu as d'avoir des frères et une sœur. Je n'ai ni l'un ni l'autre.

— Je n'imagine même pas ce que ça peut être. Je suis désolé.

Être enfant unique doit être tellement bizarre. OK, la maison aurait été plus paisible pendant mon enfance, mais le silence aurait été si ennuyeux !

— Ne le sois pas, dit-elle en remuant la main. Qu'est-ce que ça fait, d'avoir des frères et sœurs ?

— C'est bruyant.

Elle rit à nouveau.

— Je ne suis pas contre un peu de bruit.

— Tu as l'air de compter beaucoup pour Roger, dis-je en m'immisçant dans leur relation.

Il n'a pas eu l'air content de me trouver dans la cuisine, à la boutique. Il est aussi surprotecteur qu'il est gentil avec elle.

Elle soupire.

— À la mort de son frère, il s'est donné la mission de veiller sur moi. Il a tendance à se faire trop de souci, mais il n'est pas amoureux de moi, si c'est ce à quoi tu veux faire allusion.

— Pas du tout.

Bien sûr que j'y pensais.

Aucun homme ne reste aussi longtemps dans le collimateur d'une femme en la défendant férocement sans en être amoureux.

Elle a un petit sourire narquois, probablement pas dupe de ma réponse.

— Mitchell était son unique frère. J'imagine que Roger m'a en quelque sorte adoptée pour ne pas se sentir trop seul. D'autre part… dit-elle avant de se pencher en avant, le menton posé sur les doigts, il préférerait coucher avec toi plutôt qu'avec moi.

— Oh.

Je me mets à rire, je me sens un peu stupide d'avoir imaginé que Roger serait un obstacle.

— Oui. C'est un chouette type.

— Tu veux qu'on s'en aille ?

— J'imagine que tu dois rentrer pour les enfants.

— Ils dorment, à l'heure qu'il est. Je n'habite pas très loin d'ici. On pourrait peut-être faire un saut chez moi pour voir si tout va bien, avant de retourner en centre-ville…

— Avec plaisir, dit-elle en attrapant son sac à main sur la table avant de se lever en même temps que moi.

C'est vrai que je veux jeter un coup d'œil aux enfants, mais j'ai aussi très envie d'être seul avec Tilly. J'aimerais plus que tout déambuler avec elle en discutant jusqu'au petit matin, au lieu de rester assis dans une pizzeria des quartiers sud. Je ne suis pas prêt à mettre un terme à cette soirée. Pas prêt du tout.

Elle marche devant moi jusqu'à la sortie. Dehors, le vent se lève et m'enveloppe de son parfum vanillé. Cette odeur m'apaise, me réconforte. Je place une main dans son dos et la guide vers ma voiture.

Je ne voudrais surtout pas qu'elle soit mal à l'aise, alors je lui demande :

— Tu es sûre que ça ne te dérange pas ?

Elle se tourne vers moi.

— Ta main, ou de passer chez toi ?

— Les deux.

— Les deux sont les bienvenus, Angelo.

En cet instant, sur ce parking, je ressens pour la première fois de ma vie le désir d'embrasser quelqu'un d'autre que ma femme.

CHAPITRE 12
TILLY

ANGELO COMPTAIT JUSTE s'arrêter vite fait pour voir si les enfants allaient bien mais, tout à coup plus entreprenante que je ne l'ai jamais été, je lui ai demandé si je pouvais entrer.

Je ne me sentais pas prête à en rester là. Passer du temps en sa compagnie était loin d'être éprouvant. Je me sens bien, avec lui, il réveille en moi l'ancienne Tilly. Celle que j'étais avant la mort de Mitchell.

Sa maison est charmante et chaleureuse. Exactement comme j'aurais imaginé un lieu où grandissent deux petits enfants : avec des jouets partout. Mais marcher sur du parquet recouvert de Lego en talons aiguilles n'est pas chose facile. Je m'assieds sur le bord du canapé et regarde Angelo payer la babysitter qui se dépêche alors de partir.

— Tu es sûre de vouloir qu'on reste ici ? me demande Angelo en s'asseyant à mes côtés.

— Comment pourrais-je ne pas l'être ? C'est parfait, dis-je en prenant mes aises dans son canapé merveilleusement confortable. Je prendrai un taxi plus tard. C'est l'avantage de vivre en ville.

— Au moins, les enfants dorment. Retire tes chaussures et mets les pieds en l'air, pour te détendre un peu, me conseille Angelo en grimaçant à l'idée de mes pieds meurtris. Je ne sais pas comment tu fais pour porter ces trucs-là.

Je retire mes chaussures en faisant levier avec mes pieds et les abandonne entre la table et le canapé.

— Je suis ridiculement petite, sans eux.

Même quand je porte des talons, Angelo est bien plus grand que moi. La plupart des gens le sont. Les centimètres supplémentaires que ces chaussures m'accordent me donnent de l'assurance. Elles sont comme une armure. Je me sens invincible dès que je gagne en hauteur. C'est bizarre, je sais. Il faut avoir marché quelques kilomètres avec de petites jambes comme les miennes pour comprendre.

— Petite à quel point ? demande-t-il en haussant un sourcil.

— Je ne t'arriverais sûrement même pas au menton, dis-je en gloussant.

Il se lève et me tend les bras en remuant ses doigts.

— Fais voir.

J'emmêle mes doigts aux siens et tiens fermement ses mains. Quand il me fait décoller comme si je ne pesais rien, je me retiens de pousser un cri. La force qu'il a est flippante et sexy, mais j'arrive à rester digne.

— Tu vois… dis-je en levant les yeux vers lui alors qu'on se tient tout près l'un de l'autre.

Il serre mes mains et l'air se raréfie.

— Je t'aime bien, plus petite.

Mon ventre s'affole.

— Eh bien, je...

Tout à coup, je perds tous mes moyens, parce que cet homme me regarde comme si j'étais un de ces cupcakes que j'ai dans ma vitrine.

— Je me sens si petite, à côté de toi.

Angelo n'est pas seulement grand ; il est taillé comme une bête, avec de larges épaules et des muscles saillants un peu partout.

— Tu l'es.

Il cale derrière mon oreille une mèche de cheveux échappée de mon chignon. Son geste est si doux que je me transforme presque en chamallow sous ses yeux. Quand ses doigts glissent sur ma joue et qu'il prend mon visage dans sa main, je suis sur le point de perdre la boule.

— Tu sens ça ? me demande-t-il d'une voix profonde et sensuelle qui ferait faiblir les genoux de n'importe quelle femme.

— Oui, dis-je dans un souffle, sans pouvoir le quitter des yeux.

Il n'a pas besoin d'expliquer de quoi il parle. J'ai mes sens en éveil et ne peux pas nier l'attirance que j'éprouve. Peut-être que nos esprits s'attirent mutuellement, comme des âmes sœurs liées par le chagrin, qui ne pourraient trouver de répit et de réconfort qu'entre elles. Des destins cousus par le malheur.

On se dévisage en se tenant par la main, tandis que son autre main se trouve toujours sur mon visage. Mon corps est parcouru de frissons. J'adore sentir les caresses de son pouce sur ma joue.

J'ai tellement envie de l'embrasser... Et ça fait tant d'années que je n'ai pas désiré embrasser quelqu'un comme ça. Mon corps appelle ses caresses.

— J'ai envie de t'embrasser, me dit-il comme s'il n'était pas sûr de lui et qu'il me demandait la permission.

— Et j'ai envie que tu m'embrasses.

Il se penche vers moi avec un regard brûlant de désir. Ses yeux parcourent mon visage et son regard me donne chaud. Il bouge sa main pour relâcher son emprise autour de mes doigts et la glisse dans mon dos. On reste un moment comme ça tandis que nos respirations s'accélèrent, et je pourrais jurer entendre son cœur qui bat à l'unisson avec le mien.

Plus il s'approche, plus mon cœur s'emballe. Ça fait si longtemps que je n'ai plus embrassé personne sur la bouche. Je ne sais même pas si je vais encore être capable de faire ça bien, ou si je vais me planter misérablement. Tous les doutes embarrassants que j'ai pu connaître à l'adolescence m'assaillent à nouveau et mon corps se met à trembler.

— Tu vas bien ? me demande-t-il alors qu'il est à deux doigts de mes lèvres.

— Fais-le, dis-je sans pouvoir le quitter des yeux. Embrasse-moi.

J'ai encore plus besoin de son baiser que de l'air que je respire. Le passé n'existe pas. Le futur est inconnu. Tout ce qu'on a, c'est cet instant. Ce baiser.

Ses doigts s'appuient sur ma nuque, attirant mon visage vers le sien. L'ardeur que j'ai pu voir tout à l'heure dans ses yeux s'est muée en brasier.

Je me penche vers lui en fermant les yeux, attendant sa bouche. L'attente de ce baiser est presque un supplice et tout mon corps vibre par anticipation. Un simple baiser ne devrait pas être une affaire si colossale, mais celui-ci l'est.

Il m'embrasse d'abord tellement doucement que je sens à peine ses lèvres contre les miennes. J'ai la chair de poule et mon cœur bat sauvagement, complètement hors de contrôle, sachant qu'à présent, il n'est plus question de revenir en arrière. Je ne le voudrais pas, de toute façon. En cinq ans, aucun homme ne m'a fait tourner la tête comme ça, et Angelo n'est pas seulement sexy, il me comprend.

Je me colle à sa poitrine et en apprécie la fermeté. Il passe un bras dans mon dos et supprime toute distance entre nous. On reste là, à s'embrasser doucement, nos corps l'un contre l'autre, et plus rien d'autre ne semble avoir d'importance.

Vis dans le présent. Je me focalise sur le mantra que je me suis promis de suivre, ces deux dernières années. Et là, rien n'est plus présent dans ma vie qu'Angelo et sa façon de me tenir dans ses bras. Son odeur épicée bien masculine m'enveloppe et m'enracine dans l'instant présent.

Il se détache de moi et me regarde.

— Tu veux arrêter ? murmure-t-il.

— Non, dis-je en faisant glisser mes mains sur ses bras jusqu'à passer mes doigts derrière sa nuque. Embrasse-moi comme si demain n'existait pas.

Il détaille mon regard un moment, puis repose sa bouche sur la mienne. Cette fois, son baiser est un peu plus fort qu'avant, mais il se retient encore. Je crochète mes doigts autour de son cou et tire son visage vers moi.

Au moment où il incline la tête et prend ma lèvre entre ses dents, j'ai les jambes qui flageolent. Je gémis de plaisir. Je le désire toujours plus fort, j'ai besoin de goûter sa bouche encore et encore. Je pourrais rester comme ça pour toujours – et maudit soit le reste du monde.

Je n'ai pas ressenti autant de joie et de pur plaisir depuis cinq longues années. Rien ne vaut les caresses ou les lèvres d'un homme sensuel pour me rappeler que je suis en vie et qu'il y a autre chose en moi que de la tristesse.

J'ai envie de lui. Envie de ses baisers, de ses bras, de tout ce qu'il pourra me donner.

Il me fait reculer jusqu'au canapé où il me couche doucement avant de couvrir mon corps avec le sien. Mais ses mains restent sages, prenant garde de ne pas aller plus loin, ce que j'apprécie. Je pourrais complètement craquer pour cet homme, mais je ne suis pas sûre que l'un de nous soit prêt à aller au-delà de cet échange de baisers.

Je me délecte de sentir son poids sur moi. Je me sens si petite sous sa silhouette massive. Enveloppée et protégée. Mon corps est échaudé, il prend les devants sur mon esprit.

Et puis ça arrive. Angelo glisse sa langue dans ma bouche, me donnant un avant-goût de sa douceur. Mes mains vagabondent dans son dos pendant que nos langues s'emmêlent et dialoguent sans paroles. J'enfonce mes ongles dans ses épaules. J'en veux plus – j'en ai besoin.

CHAPITRE 13
ANGELO

— PAPA...

Je grogne quand Tate tire sur mon bras.

— Papa, murmure-t-elle en tirant plus fort.

— Ma puce, laisse papa dormir, dis-je sans ouvrir les yeux.

— Pourquoi Tilly est là ? demande-t-elle.

Tous mes muscles se tendent en même temps et j'ouvre de grands yeux.

Merde.

Je suis sur le point de décrocher la médaille du Père le plus Pourri de l'année. Je m'étais promis de ne jamais mêler mes enfants à mes aventures amoureuses avant d'être vraiment sûr qu'une liaison soit sérieuse et représente un quelconque avenir.

Je ne sais pas vraiment où notre histoire va nous mener, Tilly et moi. Hier soir, en l'embrassant, je me suis senti vivant à nouveau. Ça m'a donné envie d'aller plus loin avec elle. J'étais tellement occupé ces derniers temps, entre les enfants et le bar, que j'avais complètement oublié à quel point je me sentais seul.

Tout semble juste entre nous. Elle m'a conquis. Elle n'a pas jugé mes sentiments de tristesse et de culpabilité. Elle est passée par la même épreuve que moi, en perdant la personne avec qui elle pensait rester pour l'éternité.

— On s'est endormis en regardant un film, ma puce.

Je jette un coup d'œil à Tilly qui dort toujours paisiblement à côté de moi. Dieu merci, le contrôle de la soirée ne nous a pas complètement échappé et on est encore tout habillés. Le contraire aurait été un vrai cauchemar.

Ce n'est pas bien.

Tate est sur la table basse et nous fixe tous les deux. Ses petites jambes se balancent d'avant en arrière et je sais qu'elle a probablement un million de questions à poser. Elle repousse ses cheveux décoiffés dans son dos et bâille en se frottant les yeux.

— Est-ce que tu vas nous préparer le petit-déjeuner ?

Elle n'a pas l'air embêtée ou choquée que Tilly soit chez nous, ni qu'elle ait passé la nuit ici, mais la culpabilité dans ma gorge est indéniable. En tant que père, mon devoir est de protéger Tate, même de moi.

— Je ne sais pas. Tilly doit sûrement partir.

Tilly se met à bouger dans le creux de mon bras. Je suis comme paralysé. Je ne sais pas si je devrais la repousser et mettre de l'espace entre nous pour Tate. Mais je ne veux pas me comporter comme un connard envers Tilly et la réveiller en la repoussant de mon épaule.

Tate gratte le bout de son nez.

— Pourquoi ?

— Eh bien…

— Oh mon Dieu, murmure Tilly contre moi et elle se fige à son tour.

Tate glousse.

— Bonjour Tilly !

Si ma fille est traumatisée par la présence de Tilly, elle le cache bien. Elle a l'air tout excitée qu'il y ait une femme à la maison, et le fait que Tilly soit son fournisseur de cupcakes peut y être pour quelque chose.

— Je suis désolée, dit Tilly en se redressant tout en me regardant, les yeux apeurés.

— Ne sois pas désolée, répond Tate à ma place. Papa allait nous préparer un petit-déjeuner.

Tate et la nourriture. Elle serait sûrement plus contrariée de sauter un repas que de nous trouver Tilly et moi endormis dans le canapé.

— Je devrais y aller, dit Tilly en s'éloignant à l'autre bout du canapé, mais avant qu'elle se lève, Tate brandit sa main pour la stopper dans son élan.

— Non, dit Tate en secouant la tête. Tu ne peux pas.

Je me déplace pour venir m'asseoir à côté de Tilly et demande :

— Pourquoi pas ?

Tate triture le bord de son pyjama licorne en nous regardant par en dessous, entre ces cils incroyablement longs.

— Parce qu'elle a faim.

— Je n'ai pas beaucoup d'appétit, le matin, répond Tilly.

Tate, bouche bée, lui demande en baissant d'un ton :

— Tu ne prends pas de petit-déjeuner ?

Tilly me regarde du coin de l'œil et répond en grimaçant :

— Non.

Tate est toujours en état de choc. Elle regarde fixement Tilly, comme si c'était une bête de foire.

— Moi, je mourrais de faim.

Je jette un coup d'œil à Tilly avant de faire rouler mes yeux sous mes paupières.

— Elle exagère un peu.

Tate croise les bras et plisse les yeux.

— Pas du tout.

— Et elle est d'un tempérament bagarreur, le matin.

— J'ai faim, gémit-elle en montrant son ventre, toujours affamée. Tu peux préparer des pancakes pour Tilly et moi ?

Je n'essaie même pas de débattre. Elle est têtue comme une mule quand elle a le ventre vide. La faim et la colère peuvent la transformer en petit monstre.

— Tu devrais rester, dis-je à Tilly pour qu'elle sache que je suis d'accord avec cette option.

Si Tate n'est pas fâchée que Tilly soit là et que ça lui fait même plaisir, je peux laisser la situation se prolonger. En plus, ça serait sympa d'avoir un adulte à qui parler pendant le petit-déjeuner au lieu de mes deux seuls enfants.

Tate saute de la table basse et se met à courir autour de la pièce en criant victoire.

— Ça va être le meilleur de tous les petits-déjeuners ! s'exclame-t-elle, les poings en l'air.

Tilly se tourne vers moi jusqu'à ce que nos genoux se touchent presque.

— Tu en es sûr ?

Je me souviens du bien-être que j'ai ressenti hier soir à ses côtés et je réponds :

— J'en suis sûr. Et puis, dis-je en montrant d'un mouvement de menton ma fille qui fête encore sa victoire, si elle est heureuse, moi aussi. Je vais préparer le petit-déjeuner. Tu peux rester tranquille.

J'ai envie de l'embrasser, mais je me retiens. Tate en a assez vu pour aujourd'hui, et puis embrasser Tilly devant elle ne serait pas convenable.

Tate se tient près du couloir en agitant les bras.

— Tilly, viens voir ma chambre !

Elle est adorable, même quand elle est casse-pieds. Mais si je ne fais pas attention, ma mère et ma sœur en feront un monstre d'ici ses dix-huit ans. Rien qu'à cette idée, j'ai mal à la tête.

Tilly glisse sa main dans la mienne et je l'aide à se lever.

— Va voir sa chambre. Je m'occupe de tout.

Elle hoche la tête en se mordant la lèvre, ce qui me rend un peu fou. La gaule du matin n'est pas une mince affaire et elle me fait souffrir.

Entre hier soir et le rêve dément que j'ai fait où Tilly ne portait rien d'autre que ces foutus talons aiguilles rouges, je vais finir par avoir les couilles bleues.

Tate attrape la main de Tilly et la conduit vers le couloir.

— Allez, viens, lui dit-elle, aussi impatiente qu'à son habitude.

Je reste là, à les regarder marcher main dans la main vers la chambre de Tate.

D'un côté, je me réjouis de voir Tate si contente et encline à adopter Tilly si facilement. Mais d'un autre, une part de moi qui ne me quitte jamais depuis la mort de Marissa me donne un sentiment de culpabilité, comme si je trahissais la mémoire de ma femme.

— Papa ! crie Tate en se retournant à l'entrée de sa

chambre. On veut des morceaux de bananes et du chocolat dans nos pancakes !

— Bien sûr, ma puce.

Il n'y a aucune raison de discuter. Ma fille n'a causé aucun problème en voyant Tilly à la maison et les pancakes chocolat-banane sont de toute façon ses préférés.

— Tu en veux des natures, Tilly ?

— Chocolat-banane, c'est parfait.

— Il n'y a rien de meilleur, et mon papa fait les meilleurs pancakes au monde.

Cette enfant a vraiment besoin de sortir un peu plus. Je fais de bons pancakes, mais il n'y a pas de mérite à savoir verser de la pâte dans une poêle et la retourner avant qu'elle crame.

Brax sort de sa chambre d'un pas traînant en se frottant les yeux de ses tout petits poings. Il ne s'arrête même pas devant celle de sa sœur, même s'il doit bien entendre deux voix discuter à l'intérieur.

— J'ai faim.

Il vient se poster au milieu de la cuisine, me compliquant un peu la tâche. Je le soulève et le pose au milieu de l'îlot central pour qu'il ne soit pas en plein passage et ne craigne rien.

— Tu peux m'aider, lui dis-je, même s'il est hors de question que je lui laisse mélanger quoi que ce soit.

Je mets trois bananes dans une poche en plastique que je ferme avec soin et tends le tout à Brax pour qu'il les écrase. Ça suffira à l'occuper pendant que je ferai le reste.

— À qui elle parle, Tate ?

Il fixe le sac en plastique avec une concentration intense et s'applique minutieusement à réduire les bananes en purée.

— À Tilly.

Brax écarquille les yeux.

— Ouiiii, crie-t-il comme l'a fait sa sœur. J'aime bien Twilly !

— Papa, est-ce que je peux mettre ma robe rose ? demande Tate en hurlant depuis sa chambre. Tilly va m'aider à me préparer !

Je regarde vers le couloir, pris au dépourvu. Je ne réponds pas tout de suite.

— Papa !

— Bien sûr, dis-je finalement d'une voix forte, ne sachant pas si j'ai vraiment tout foiré.

Tout en finissant de préparer le petit-déjeuner, je réfléchis au fait d'avoir amené une femme à la maison et à tout ce qui pourrait en découler en termes de préjudices portés à mes enfants. Tous les livres que j'ai lus sur le deuil et la façon de reconstruire sa vie avec des enfants disaient de leur présenter toute nouvelle « amie » très progressivement. Je ne voudrais surtout pas qu'ils s'attachent à quelqu'un qui ne serait que de passage dans ma vie.

On frappe à la porte, mais je suis dans la pâte jusqu'au cou et la plancha est couverte de pancakes. Avant que je puisse bouger, Tate arrive en courant depuis sa chambre et se précipite vers la porte. Ses cheveux sont attachés dans un nœud rose et elle porte sa robe favorite.

Tilly arrive dans son sillage et me rejoint.

— Tu es sûr que c'est OK ?

— Mais oui.

— Elle a insisté pour que je l'aide à s'habiller.

— Elle est exigeante, je suis désolé, dis-je en retournant les pancakes.

— Vinnie ! s'écrie Tate d'une voix aiguë qui me perce les tympans.

Un instant plus tard, Lucio et Vinnie avec Tate dans les bras débarquent dans la cuisine et s'arrêtent net, figés dans leur élan. Ils regardent Tilly, puis me dévisagent, la bouche ouverte.

— Ça n'est pas ce que vous croyez.

— Papa a fait une soirée pyjama, leur dit Tate, me jetant dans la gueule du loup.

— J'en fais souvent, moi aussi, répond Vinnie avec un grand sourire bête et flippant.

— Hey !

Je coupe court, parce que ma fille n'a pas besoin de connaître le nombre illimité de femmes que mon frère met dans son lit.

— On regardait un film, et on s'est endormis dans le canapé.

— Bon… dit Lucio en se glissant sur un tabouret de l'autre côté de l'îlot. Tu en fais assez pour tout le monde ?

Il met de côté ma soirée pyjama pour l'instant, mais je sais que dès l'instant où l'on se retrouvera seuls, il va me cuisiner.

— Je devrais peut-être y aller, dit Tilly en gigotant à mes côtés.

Je lui jette un coup d'œil.

— Reste.

— Tilly doit rester, dit Tate avant d'attraper le visage de Vinnie dans ses mains. Elle me donne des cupcakes.

Vinnie se met à rire.

— Une femme comme je les aime !

— Vinnie, et si tu mettais la table avec Tate ? dis-je avant qu'il puisse ajouter quelque chose qui me ferait à coup sûr partir au quart de tour.

— Bien sûr. Tu veux m'aider, pitchounette ? demande-t-il à Tate avant de faire un bruit de pet dans son cou en soufflant, sa bouche collée à sa peau.

Elle pousse un cri de joie en le repoussant, adorant la façon dont mes frères lui lèchent les bottes.

— Comment ça va, à la boutique, Tilly ? demande Lucio. Est-ce qu'Angelo a pu finir les travaux ?

— Il m'a été d'une aide précieuse, répond Tilly en se penchant à l'autre bout du comptoir, maintenant une certaine distance entre elle et moi.

— Je n'en doute pas, marmonne Vinnie.

Je le fusille du regard.

— Pourquoi cette visite si matinale ? Il n'est même pas neuf heures, dis-je en retirant les pancakes du feu.

— On a dû courir chez les fournisseurs pour le bar, et comme tu habites sur le chemin du retour, on a voulu s'arrêter pour voir comment tu allais. Et Vinnie voulait te parler.

— À propos de quoi ?

Je regarde Vinnie. Il ne vient me voir que quand il a besoin de quelque chose.

— Ça peut attendre. Je t'en parlerai plus tard, répond-il avant de détourner son attention sur Tilly. Alors, Tilly. Pourquoi des cupcakes ?

— Pourquoi pas ? lui répond-elle du tac au tac.

Je ris en surveillant la cuisson de la deuxième tournée de pancakes. Le fait qu'elle ne soit pas une petite chose timide devant mes frères me plaît bien.

— Pas de problème, dit Vinnie en hochant la tête alors

qu'il pose la dernière assiette sur la table. Quel est le meilleur cupcake de tes compositions ?

— Mon cupcake tortue double caramel pécan. Tu devrais t'arrêter en goûter un, à l'occasion. J'en ai fait une fournée hier.

— Carrément ! se dépêche-t-il de répondre. Il faut beaucoup de calories pour maintenir ce corps en forme.

Je lève les yeux au ciel en le voyant contracter ses biceps pour montrer ses muscles presque démesurés.

— Ta tête a l'air encore plus petite qu'avant, lui dit Lucio, me retirant les mots de la bouche. Si tu abuses de la muscu, il y a d'autres choses qui vont rapetisser aussi.

Je me marre et jette un coup d'œil à Tilly. Elle rit aussi, mais avec une main sur la bouche pour tenter de le dissimuler.

— Allez vous faire allonger, les frangins, lâche Vinnie.

— Allonger ? répète Tilly en fronçant les sourcils.

— On essaie de ne pas dire de gros mots devant les enfants, lui explique Lucio. On doit faire preuve de créativité.

— Mignon, répond Tilly.

Je renverse les pancakes dans un plat. J'ai hâte de nourrir les troupes pour que mes deux frères foutent le camp.

— À table.

— Je veux m'asseoir entre Tilly et Vinnie, déclare Tate. Je peux, papa ?

— Comme tu voudras, ma chérie.

Dans cette pièce remplie de monde, je viens d'être relégué en troisième position.

Lucio retire le plat de l'îlot et me donne un léger coup de coude.

— Il faut qu'on parle, toi et moi, chuchote-t-il alors que tout le monde passe à table.

— On parlera plus tard.

J'imagine que je n'ai pas fini de l'entendre.

— Tu m'as surpris, ce matin, dit-il en faisant un mouvement de tête vers Tilly. Tu as fait un sacré pas en avant.

Bon sang, je me suis surpris moi-même. J'ai été imprudent avec Tilly, alors que je m'étais interdit de l'être, vis-à-vis des enfants. Même si je n'en ai pas encore parlé, je pense qu'il faut que je fasse un peu marche arrière. Je dois faire passer mes enfants en priorité, même si ça implique de mettre de côté ce qu'il y a entre Tilly et moi.

CHAPITRE 14
TILLY

— EH BIEN... dit Roger qui se tient dos au mur devant la pâtisserie en me regardant sortir de ma voiture. Voyez-vous ça...

— Ne dis rien.

Je passe à côté de lui en le regardant à peine.

— Tilly, je ne te juge pas.

Il n'a pas besoin de le dire. Je sais qu'il ne me jugerait jamais, surtout après ce qu'on a traversé ces cinq dernières années.

Mes mains tremblent tant que mettre la clé dans la serrure pour ouvrir la boutique est un parcours du combattant. Je grommelle :

— Stupide porte.

— Laisse-moi faire, intervient Roger en me prenant la clé des mains avant d'ouvrir la porte sans difficulté. Tu n'es pas dans ton assiette, aujourd'hui.

— Aujourd'hui seulement ? Ça fait des années que je ne suis plus dans mon assiette.

Plus rien n'est normal, après un deuil. Hier soir, je me

suis rapprochée de celle que j'étais avant, même de loin. Mais ce matin, quand je me suis réveillée sur le canapé d'Angelo sous le regard de Tate, le peu de normalité retrouvée la veille s'est évanoui dans la nature.

Roger me suit dans la boutique, retire sa veste et la jette sur une banquette près de l'entrée.

— C'est faux. Ça fait un moment que tu t'en sors bien. Cette semaine, j'ai même retrouvé un peu de l'ancienne Tilly.

Je fais demi-tour sur mes talons et tape du pied sur le carrelage en marbre.

— Et qui est l'ancienne Tilly ?

Il frotte ses mains l'une contre l'autre, la tête inclinée, prenant probablement des pincettes pour que je ne pète pas les plombs.

— L'ancienne Tilly est gaie et drôle. Son sourire est contagieux et charmeur, dit-il en avançant pour venir me tenir par les épaules. Elle est heureuse.

Je soupire.

— Je me sens plus moi-même que je ne l'ai été ces dernières années, même aujourd'hui, mais…

— Que s'est-il passé, hier soir ? Il s'est mal conduit ? demande-t-il en plissant les yeux, essayant d'interpréter mes paroles pour en déduire ce que je n'ai pas dit. Parce que si c'est le cas, je vais lui botter le cul.

Je ne peux pas m'empêcher de rire. Roger a beau être costaud, je ne pense pas qu'il ait mis une droite à quiconque en dix ans, ce qui n'est sûrement pas le cas d'Angelo.

— Tu ne frapperais pas Angelo.

— Je le ferai, s'il te fait du mal.

Je passe mes bras autour de sa taille et pose ma tête sur sa poitrine.

— Angelo s'est conduit en parfait gentleman, la nuit dernière, Roger. Ne tombe pas dans le mélodrame.

Il m'entoure de ses bras et me serre contre lui, comme il l'a fait tant de fois.

— Alors, qu'est-ce qui ne va pas ?

Je murmure, le visage contre sa chemise :

— On s'est embrassés. Beaucoup.

— C'est formidable, Tilly, dit-il doucement. C'est un grand progrès, pour toi.

— Je peux être honnête ?

Il recule un peu la tête et baisse les yeux vers moi.

— Toujours, ma douce.

— Quand on s'embrassait, c'était super. Mais après, quand je me suis réveillée ce matin, j'ai eu l'impression d'avoir trompé Mitchell.

Roger retire une main de mon dos pour poser ses doigts sous mon menton, m'obligeant à le regarder.

— Tu ne dois pas penser ça.

— Et pourtant, c'est l'impression que j'ai.

Il prend mon visage entre ses deux mains.

— Hey, chuchote-t-il alors que j'essaie d'éviter son regard. Regarde-moi.

Je fixe une boîte de cupcakes un moment ; je ne me sens pas prête à parler de ça avec Roger pour l'instant. Bien qu'il ait passé des années à vouloir m'aider à être heureuse à nouveau, je suis envahie de culpabilité en lui racontant ma soirée.

Dès que je pose enfin mes yeux sur lui, il me dit doucement :

— Je suis fier de toi.

— Pourquoi ? Pour avoir embrassé un homme ?

— Pour avoir fait un pas en avant, et pas des moindres.

Je serre un bout de sa chemise dans mon poing pour m'accrocher à lui.

— Est-ce qu'un jour je pourrai surmonter cette impression de tromper ton frère ?

Roger soupire.

— Personne au monde n'aimait mon frère autant que toi, Tilly, à part moi. Parfois, moi-même, je me sens coupable.

J'écarquille les yeux.

— De quoi ?

— De tout.

— C'est absurde.

— Non, ça ne l'est pas, répond-il, le regard triste. Mitchell n'est pas là, aujourd'hui, pour être avec toi et te tenir dans ses bras. Je suis à sa place. Parfois, je suis heureux, je croque la vie à pleines dents, et puis le désespoir me rattrape quand je pense au fait que mon frère ne pourra plus jamais ressentir la joie que je ressens.

Les larmes me montent aux yeux. J'ai tendance à oublier que je ne suis pas la seule en deuil. Des instants comme celui-là, quand on se met à nu, me rappellent que Roger a perdu Mitchell autant que moi.

— Ne pleure pas, dit-il en essuyant mes larmes avec son pouce. On a assez pleuré.

Je ne pourrai sans doute jamais arrêter de pleurer Mitchell. Il y a eu tant de jours où je croyais n'avoir plus une larme à verser et où je me suis retrouvée à pleurer toutes les larmes de mon corps à cause d'une chanson à la radio ou d'un souvenir agréable.

— Dis-moi ce qu'il s'est passé, maintenant. Peut-être que je pourrais t'aider à comprendre ce qui te rend si triste.

J'avale ma salive et prends une profonde inspiration en essayant de me calmer.

— Quand on s'est réveillés, ce matin, Tate nous regardait.

Roger ouvre de grands yeux.

— Oh, merde.

— On était habillés. On s'est endormis sur le canapé, mais quand même. Je me suis sentie tellement conne qu'elle me trouve là.

— Elle était contrariée ?

Je secoue la tête.

— Elle a voulu que je l'aide à s'habiller et à se coiffer. Elle a insisté pour que je reste prendre le petit-déjeuner.

Roger sourit gentiment.

— On dirait que Tate a un coup de cœur pour toi.

— Mais…

Roger lève un sourcil.

— Tilly, Tate a connu bien pire que de trouver une femme tout habillée endormie dans le canapé de son père.

Je sais qu'il a raison. Cette enfant a vécu plus d'épreuves dans ses sept premières années que moi dans mes vingt premières. Mais ça ne me dénoue pas l'estomac pour autant, et ça ne donne pas à la situation un aspect plus normal.

— Elle n'aurait pas dû me trouver là.

— Est-ce que tu as bien dormi, au moins ?

— Mieux que depuis des années.

Je n'avais plus passé une bonne nuit depuis le jour où cet homme s'était pointé à ma porte pour m'annoncer la mort de Mitchell. Mais la nuit dernière, j'ai dormi comme un bébé.

— Je suis sûr qu'aujourd'hui, Angelo doit se débattre avec les mêmes émotions que toi. Tu devrais lui en parler.

Je lui promets de le faire.

— Tu ne m'en veux pas ?

Il me regarde, perplexe.

— À propos de quoi ?

— D'avoir embrassé Angelo et d'avoir passé la nuit chez lui.

— Tilly, quoi que tu fasses, je ne t'en voudrais jamais. Si tu restes seule pour toujours parce que tu n'arrives pas à tourner la page, je serai contrarié. Mais je ne le serai jamais de te voir retrouver le bonheur.

La clochette de la porte d'entrée retentit.

— Tilly ! dit Tate derrière moi.

Je quitte les bras de Roger et me retourne.

— Tate, ma puce. Qu'est-ce que tu fais là ?

Elle dévisage Roger, se demandant probablement qui est cet homme qui me tenait dans ses bras.

— C'est qui, lui ?

Je la rejoins et m'accroupis devant elle pour qu'on soit face à face.

— Il s'appelle Roger. C'est mon frère.

Je ne vois pas comment le présenter autrement, surtout à une petite fille de sept ans. Roger est ma seule famille, bien qu'on n'ait pas de lien de sang. Deux personnes qui ont traversé ensemble ce qu'on a enduré sont unies par des liens indestructibles.

— Tu as un frère, comme moi ? chuchote-t-elle.

Je hoche la tête.

Tate me contourne et s'approche de Roger en basculant la tête en arrière pour le regarder.

— Moi, c'est Tate, lui dit-elle.

Roger se met à rire.

— Et moi, c'est Roger.

— Tu as de la chance.

— Pourquoi ça ? lui demande-t-il.

Elle lui fait signe de se pencher et il s'exécute.

— Parce que Tilly est ta sœur, murmure-t-elle. Et elle fait les meilleurs cupcakes du monde.

Roger rit à nouveau. Il est difficile de ne pas fondre devant une enfant comme Tate.

— Cette fille me plaît, dit-il.

— C'est un petit ogre, déclare Vinnie en posant une main sur l'épaule de sa nièce. Tout comme son oncle ! Je suis désolé de débarquer comme ça…

— Pas de problème, Vinnie, dis-je en balayant son commentaire d'un revers de main. Tu es le bienvenu.

Je me tourne vers Tate dont l'attention a glissé vers la vitrine et ajoute :

— Tout comme Tate.

Vinnie passe une main sur sa nuque.

— Tate a insisté pour qu'on vienne chercher son cupcake du jour.

— Les enfants n'oublient jamais rien, dis-je en riant.

— Surtout quand il s'agit de bouffe.

— Vinnie, pourquoi ne l'aiderais-tu pas à en choisir un ? Et prends-en un pour toi, aussi.

Les yeux de Vinnie s'illuminent.

— Tu es sûr ? Je me ferais un plaisir de les payer.

Je secoue la tête.

— Non, j'insiste.

Vinnie acquiesce et rejoint Tate devant la vitrine. Je les regarde se tenir debout, main dans la main, détaillant tous les cupcakes.

— En voilà un qui est bien séduisant, me glisse Roger à l'oreille en se penchant vers moi.

— Il doit avoir vingt ans.

— Et descendre des dieux romains. Je veux dire… Regarde !

Il me désigne le cul de Vinnie qui s'est penché en avant pour parler à Tate.

Je lui gifle la poitrine du dos de ma main.

— Va te faire soigner.

Il hausse les épaules.

— Je vais sortir tes poubelles et après, je file.

— Où dois-tu aller, si tôt ?

— J'ai rendez-vous à midi avec un nouveau client.

Je lui demande :

— Tu m'appelles après ?

Il se penche vers moi et m'embrasse sur la joue.

— Tu seras la première à savoir comment ça s'est passé. Et maintenant, va servir cette enfant avant qu'elle bave sur toute la vitrine.

Je lui donne une nouvelle tape. Malgré tout l'amour qu'il a à revendre, Roger n'est pas fan des gamins. Son appartement et ses habits sont toujours immaculés. Il n'y a pas de place pour un enfant terrible dans sa vie. Il serait pourtant un père merveilleux, s'il se détachait un peu de son obsession maladive de la propreté.

— Alors… dis-je en rejoignant Vinnie et Tate, tandis que Roger disparaît dans la réserve. Qu'est-ce qui vous tente ?

— Tout, murmure Tate, les yeux grands comme des soucoupes.

— Ils sont vraiment appétissants, Tilly, déclare Vinnie en

me regardant par-dessus la vitrine. Je comprends pourquoi elle a insisté pour venir.

— J'aime la voir si contente.

Les enfants sont solides. Après ce qu'elle a enduré, elle mérite d'avoir toujours un sourire sur le visage. Et lui offrir un cupcake est la moindre des choses que je puisse faire pour ça.

— On dirait que tu fais cet effet-là à beaucoup de monde, dans notre famille, dit Vinnie.

J'en ai le souffle coupé.

— Comment il s'appelle, celui-là? demande Tate en pointant son doigt vers un cupcake nappé d'un glaçage au chocolat et de bananes séchées.

— Cool Ouistiti.

Tate éclate de rire.

— Tu en veux un?

— Oui!

— Je prendrai le même, dit Vinnie. On va les emporter pour les manger à côté, parce qu'on a déjà abusé de ton temps.

— Vous pouvez rester autant que vous voulez.

Parfois, le silence ici m'est insupportable. J'ai hâte d'ouvrir officiellement les portes et de voir la boutique pleine à craquer ; comme ça, dans l'action, j'aurais moins le temps de penser aux absents.

— Merci Tilly, dit Tate quand je lui donne une boîte avec deux Cool Ouistitis. Tu es la meilleure.

Elle m'appâte avec ses compliments et je mords à l'hameçon. Tate est charmante, à l'image de toute sa famille. Je me suis sentie attirée vers elle naturellement et je pourrais facilement l'aimer comme mon propre enfant.

— Passe prendre un verre ou manger un bout, tout à l'heure, dit Vinnie. Je suis sûr que mon frère a envie de te voir.

Je hoche la tête, même si je ne suis pas sûre de vouloir être près d'Angelo pour le moment. Je pourrais tomber très amoureuse de cet homme, mais suis-je prête à me l'autoriser ?

— À plus tard, Tilly, dit Tate en tenant sa petite boîte comme si elle renfermait un trésor.

Je lui fais un signe de la main en restant plantée là, à les regarder passer la porte et se diriger vers le bar. La famille d'Angelo est à l'image de mes rêves. Être fille unique m'a apporté beaucoup de solitude et avoir toute l'attention de mes parents sur moi pouvait parfois être étouffant. Je me demande ce que ça fait de grandir entourée de toute une fratrie et de ne jamais se sentir vraiment seule.

Quand j'entends la porte du fond se refermer, j'appelle :

— Roger ?

Je pensais qu'il viendrait dire au revoir, au lieu de disparaître comme ça, sans un mot.

J'entre dans la cuisine. Une enveloppe est posée contre le mixeur ; il y a mon nom dessus, avec l'écriture de Mitchell. Je me précipite pour m'en saisir et passe mes doigts sur les lettres manuscrites.

Quand je retourne l'enveloppe, il y a un Post-it de Roger collé dessus.

À ouvrir plus tard. Je t'aime. Roger

CHAPITRE 15
ANGELO

— *TU M'AIMES ? me demande Marissa, les yeux levés vers moi.*

Sa main est posée sur mon cœur et sa chaleur me réchauffe de la brise fraîche automnale.

— Je t'aime, dis-je en posant ma main sur la sienne. Plus que tout au monde.

— *Tu vas m'oublier ?*

— Comment le pourrais-je ?

Elle se redresse sur un coude et reste au-dessus de moi.

— *Tu dois aller de l'avant, dit-elle doucement. Je ne pourrai pas rester avec toi pour toujours.*

Je pose une main sur sa joue et regarde son visage dans ma paume.

— Je veux être avec toi pour toujours.

— *Je serai toujours là, ici, dit-elle en appuyant douce-ment sur ma poitrine. Je veillerai sur toi. Mais il est temps... ajoute-t-elle tandis que sa silhouette commence à s'estomper.*

Je pousse un cri en me redressant d'un coup, à moitié endormi et le visage couvert de larmes. Ça faisait plus d'un an que je n'avais pas rêvé d'elle, que je n'avais pas vu son visage en fermant les yeux. Je me sens à la fois réconforté par ces retrouvailles et submergé de peine, comme si je venais de la perdre à nouveau.

Je balance mes jambes hors du lit et laisse mes larmes tomber au sol. La colère me submerge. Je voudrais retourner dans le rêve. Je maudis le réveil. Je murmure, dans le noir :

— Reviens… Juste une fois…

Elle ne m'avait jamais dit ces mots-là. Pas en rêve, du moins. C'était comme si elle me disait adieu à nouveau, brisant mon cœur en mille morceaux.

— *Promets-moi, Angelo.*

Les mots qu'elle m'a supplié de lui dire me reviennent en mémoire, me frappant la poitrine comme un coup de massue. Je lui aurais promis mon célibat, si ça avait pu la rendre heureuse. Je n'ai jamais rien voulu d'autre que son bonheur – et de l'avoir à mes côtés.

Je regarde le réveil sur la table de nuit. Il est minuit. Je sais qu'il n'y a aucune chance pour que j'arrive à me rendormir de sitôt.

J'attrape mon téléphone et traverse le couloir sur la pointe des pieds pour ne pas réveiller les enfants. L'écran s'allume pendant que je me sers un verre de whisky et je m'effondre sur le canapé.

Tilly : Je n'arrive pas à dormir. Désolée pour l'heure tardive, mais je pensais à toi.

Je fixe l'écran et avale une première gorgée de whisky. Je me demande si Marissa est au courant, pour Tilly, et si elle tente de nous pousser l'un vers l'autre.

Hier soir, en embrassant Tilly, j'ai éprouvé une sensation proche du bonheur, telle que je n'en avais plus ressentie depuis Marissa. Mais ensuite, après que Tate nous a trouvés dans le canapé, je me suis pris la tête toute la journée. J'ai passé mon temps à me demander si je devais dire à Tilly qu'il vaudrait mieux calmer le jeu, et je me suis couché sans avoir pris de décision.

Je me cale contre le dossier du canapé, pose le whisky sur la table à côté et ouvre le message de Tilly.

— C'est ça que tu veux ? dis-je à voix haute.

Je balaye la pièce des yeux, comme si Marissa allait apparaître avant que j'écrive ma réponse.

Moi : Je n'arrive pas à dormir non plus. Ton message m'a fait plaisir.

Je prends une autre gorgée en attendant la réponse de Tilly, cherchant à me débarrasser de la tristesse qui m'a envahi suite au rêve de Marissa.

Tilly : Je trouve rarement le sommeil, depuis.

Moi : Pareil pour moi.

Tilly : La seule bonne nuit que j'ai passée a été la dernière.

Ses mots me frappent de plein fouet. Après qu'on s'est endormis sur le canapé, il est invraisemblable que je ne me sois pas réveillé avant Tate. En trois ans, je ne m'étais pas levé une seule fois plus tard qu'elle. J'ai passé chaque nuit à tourner et à virer dans mon lit en cherchant Marissa pour ne jamais trouver que du vide.

Moi : Moi aussi, en fait.

Tilly : Est-ce qu'on va trop vite ?

Je ris en secouant la tête, réalisant que tout ce que je ressens est normal. Je ne suis pas le seul à être mal à l'aise ou à trouver qu'il est presque paralysant de vouloir aller de l'avant.

Moi : Je ne sais pas, Tilly. Tout ce que je sais, c'est que ça semble juste.

Reconnaître mes sentiments n'est pas facile, mais Tilly mérite de la sincérité.

Tilly : Comment vont les enfants ?

Moi : Parfaitement bien. Tate a demandé quand est-ce que tu reviendras prendre le petit-déjeuner.

J'ai eu une grande conversation avec Tate, au moment du coucher. Elle avait un million de questions à me poser au sujet de Tilly. J'ai essayé d'être honnête, sans vouloir lui donner trop d'espoir non plus. Je lui ai expliqué qu'on était juste amis, mais vu sa façon de me regarder, je parie qu'elle n'en a pas cru un mot.

Tilly : J'espère qu'on ne les a pas perturbés.

Moi : Ils en ont marre de moi. Ça leur manque, de voir une femme à la maison.

Je fais de mon mieux pour être à la fois un père et une mère, mais quels que soient mes efforts, il y a toujours des carences.

Tilly : Ils sont juste fans de mes cupcakes.

Moi : Moi aussi, j'aime tes cupcakes.

Avant de l'envoyer, j'ajoute à mon message un smiley qui fait un clin d'œil.

Moi : Je ne travaille pas demain. Tu veux qu'on mange ensemble ?

Tilly : Je croule sous les finitions, à la boutique. Est-ce que je peux te répondre plus tard ?

J'ai un pincement au cœur et, l'espace d'un instant, je regrette mon élan. Mais je sais que toutes les choses qui ont de la valeur dans la vie méritent qu'on se batte pour les obtenir. Marissa n'était pas du genre à regarder la vie passer sous ses yeux sans en saisir chaque instant. Je dois au moins essayer d'honorer les dernières volontés de ma femme. Je dois aller de l'avant, au lieu d'attendre après les rares moments où elle vient me voir en rêve.

Moi : À quelle heure y vas-tu ?

Tilly : À neuf heures, je pense. Pourquoi ?

Moi : Je viendrai te donner un coup de main. Comme ça, tu ne pourras pas refuser le déjeuner.

Tilly : Je ne te ferai pas suer des litres.

Tilly : Ça sonne bien plus crade que je le voulais.

Je ris en me couvrant la bouche, parce que je m'en voudrais à mort si je réveillais les enfants.

Moi : Pas de problème.

Tilly : Ouf. J'étais prête à mettre ça sur le manque de sommeil, si tu l'étais demain.

Moi : Je devrais te laisser retourner te coucher.

Tilly : Va te reposer, toi aussi. Tu ne seras utile à personne demain si tu es épuisé.

Moi : On se voit à neuf heures.

Tilly : Bonne nuit, Angelo.

Moi : Bonne nuit, Tilly.

J'éteins l'écran de mon téléphone et sirote mon whisky jusqu'à ce que le sommeil me reprenne enfin.

———

Tilly me tend une indispensable tasse de café.

— Tu as fini par dormir, hier soir ? me demande-t-elle en s'asseyant face à moi.

— Un peu, dis-je pour être honnête.

— Des rêves ?

— Tu fais ces rêves, toi aussi ?

— Avec Mitchell ?

— Oui, dis-je, surpris qu'elle sache parfaitement de quoi je parle.

Elle acquiesce en entourant son mug chaud de ses mains.

— J'en faisais très souvent, mais ces derniers temps, ils deviennent rares et espacés.

— J'ai rêvé de Marissa, hier soir.

— Ah, murmure-t-elle. C'est pour ça que tu n'arrivais plus à dormir.

— Je ne dors jamais vraiment bien. Ou pas longtemps, du moins. Mais hier soir, elle est venue me voir.

— Qu'a-t-elle dit ?

Tilly me regarde en face avant d'ajouter :

— Si ce n'est pas trop indiscret.

Je secoue la tête.

— D'habitude, on parle des enfants, ou bien un souvenir surgit du passé… mais cette nuit, c'était différent.

— C'est-à-dire ?

— C'était comme si elle me disait adieu, dis-je en baissant les yeux sur l'alliance à mon doigt que je n'ai pas été capable d'enlever. Je ne peux pas réprimer la crainte de ne plus jamais la voir. Jusqu'ici, j'avais au moins mes rêves.

Tilly tend son bras par-dessus la table et touche le mien.

— Moi aussi, j'ai rêvé de Mitchell cette nuit. Ça faisait des mois que je ne lui avais pas parlé.

— Est-ce qu'on est normaux ?

Elle hoche la tête.

— Absolument.

— Pourquoi est-ce qu'on a tous les deux rêvé d'eux la nuit dernière ?

Tilly hausse les épaules avec un sourire douloureux.

— Peut-être parce qu'on se sentait tous les deux coupables de ce qu'on avait fait.

— Je ne me suis pas senti coupable en t'embrassant, Tilly. Rien ne m'avait paru aussi juste depuis longtemps.

— La culpabilité se cache dans la joie qu'on ressent, Angelo.

Je retourne ma main pour emmêler mes doigts aux siens. Tout en caressant sa peau avec mon pouce, j'admets :

— Tu m'as effectivement rendu heureux. Plus heureux que je ne l'ai été depuis longtemps.

— Toi aussi, dit-elle en baissant les yeux sur nos mains réunies. Tout coule de source, quand je suis avec toi. Et ça me soulage que tu ne me juges pas quand je parle de Mitchell.

— J'ai traversé la même épreuve que toi, Tilly. J'ai enduré cette tristesse que personne d'autre ne peut comprendre.

— Je ne voulais pas sortir avec un homme, de peur qu'il se sente en compétition avec Mitchell, me dit-elle en levant enfin ses yeux vers moi.

— Beaucoup trouveraient la concurrence avec les souvenirs trop difficile à vivre, mais il n'y a pas de compétition. S'il y en avait une, elle serait perdue d'avance.

Tilly fouille dans sa poche et en retire une enveloppe qu'elle pose sur la table.

— Roger m'a donné ça, hier, dit-elle en la poussant entre nous.

Je regarde le papier ivoire et remarque l'encre diluée par les larmes.

— Tu veux que je la lise ?

— Je veux la partager avec toi. Même si les mots ont été

écrits pour moi, je pense qu'ils pourraient te faire autant de bien qu'à moi.

Je touche l'enveloppe, passant mes doigts sur son nom écrit dessus.

— Tu es sûre ?

Elle acquiesce.

— Je vais préparer quelques bricoles avant qu'on s'y mette. Finis ton café et lis la lettre.

Je lui demande si elle ne veut pas rester avec moi. Elle secoue la tête.

— Je ne peux pas. Tu comprendras pourquoi en la lisant.

Je lui adresse un léger sourire en lâchant sa main quand elle se met debout.

— Je ne serai pas long.

Elle me lance un coup d'œil par-dessus son épaule avant de disparaître dans la cuisine, me laissant seul. Je fixe l'enveloppe en buvant mon café. Cette lettre n'a sûrement pas été écrite pour être partagée. C'est presque un sacrilège pour moi de lire les pensées intimes de cet homme et ses dernières paroles seulement dédiées à sa femme.

Je déplie lentement la lettre et commence à lire.

Ma très chère Tilly,

Il n'y a pas un seul moment dans l'obscurité éternelle où je ne pense pas à toi. Je n'aurais jamais imaginé te quitter si tôt. J'avais prévu de passer ma vie à t'aimer sans jamais te faire souffrir.

J'ai demandé à Roger de te donner cette lettre après ton premier pas vers l'avenir, en acceptant un premier rendez-vous. Quelque part, j'espère que tu auras attendu au moins quelques années, mais je prie pour que tu n'aies pas attendu trop longtemps.

Il n'y a rien de plus important à mes yeux que ton bonheur. Tu es une femme qui n'est pas faite pour vivre seule. Tu es forte, Tilly. J'ai puisé mon courage dans ta force infinie depuis le premier jour où j'ai posé les yeux sur toi. Je veux que tu trouves la force de tourner la page, d'aller de l'avant et d'aller chercher à nouveau ta part de bonheur.

Je ne serai jamais en paix en te sachant seule. Je n'ai jamais aimé et n'aimerai plus jamais quelqu'un comme je t'ai aimée. Mais tu es en vie, Til. Ne l'oublie pas. Ne laisse pas ton âme s'éteindre avec la mort de mon corps. Permets à ton cœur de retrouver la joie et l'amour. Sois libre.

Avance en sachant que je suis avec toi, que je veille sur toi et que je fais tout ce qui est en mon pouvoir pour que tu trouves ce bonheur. Ne crois pas qu'une nouvelle relation effacera une part de nous, ne la vois pas comme une trahison envers notre amour.

J'espère que l'homme qui a la chance de te faire vibrer à nouveau est gentil et méritant. Avance sans culpabilité ni remords. Vis et aime pour moi... pour nous.

Il n'y a pas de joie plus grande que celle d'aimer. Suis tes rêves et ton cœur. Aime intensément. N'aie pas peur d'être heureuse à nouveau.

Pour honorer ma mémoire, pour honorer nos vœux, aime encore et vis pour moi. Vis ce qu'on aurait pu vivre et garde un petit bout de moi dans ton cœur sans le laisser te priver de la vie heureuse que tu mérites.

Trouve quelqu'un qui te traitera comme je l'aurais fait. Qui t'aimera encore plus et encore mieux que moi. Va de l'avant sans culpabiliser, en sachant que je te regarde de là-

haut le sourire aux lèvres, enfin capable de reposer en paix, où que je sois.

Je te serai à jamais dévoué, mais tu ne m'es plus destinée. Je t'aime plus encore que ce que tu ne pourras jamais concevoir.

Tourne la page, ma douce.

Aime à nouveau et ne regarde jamais en arrière.

À toi pour l'éternité,

Mitchell

CHAPITRE 16
TILLY

DANS LA CUISINE, je me tiens devant le plan de travail quand Angelo m'entoure de ses bras forts. Il me tient sans dire un mot et enfouit son visage dans mon cou. Je ferme les yeux. Le réconfort de pouvoir être dans les bras de quelqu'un sans avoir à parler m'avait manqué.

Il pose ses mains sur mon ventre et son souffle chaud glisse sur mon cou.

— Je suis désolé, Tilly, murmure-t-il en resserrant ses bras et en appuyant son front dans mon dos. Je ne peux pas t'épargner la douleur. Je ne peux pas le ramener. La seule chose que je puisse faire, c'est être là pour toi en sachant ce que tu ressens.

Les émotions qui se réveillent au fond de moi me font monter les larmes aux yeux.

— Est-ce que ça t'a aidé de pouvoir lui dire au revoir ?

Il prend une profonde inspiration en pressant son front contre moi.

— Un peu, admet-il. Mais parfois, je suis hanté par le souvenir de sa lutte pour s'accrocher à la vie.

— Je n'ai jamais pu lui dire au revoir.

J'expire en laissant mes larmes couler sur mes joues. J'aurais voulu pouvoir toucher Mitchell encore une fois avant son dernier souffle. Je couvre les mains d'Angelo avec les miennes et renverse la tête en arrière pour la poser sur sa poitrine.

— Le jour de son départ, on s'est dit au revoir rapidement. Je n'aurais jamais cru qu'il ne reviendrait pas.

— Ses adieux sont dans sa lettre, Tilly. Il sait combien tu l'aimes. Un homme sait ces choses-là au plus profond de lui-même. Il n'a pas besoin de se l'entendre dire dans ses derniers instants pour savoir ce qu'il perd.

Je ferme les yeux et remonte mes mains le long de ses bras en me retournant.

— J'avais encore tellement de choses à lui dire, Angelo. Des choses que je ne lui avais jamais dites en face. Je me suis penchée sur son cercueil recouvert d'un drapeau pour lui confier tout ce que je voulais qu'il sache avant qu'ils ne l'emportent.

Je commence à faire de l'hyperventilation et Angelo me berce doucement pour essayer de m'apaiser.

— Il t'a entendue. Je n'ai absolument aucun doute là-dessus, même s'il ne pouvait pas te répondre. Et il t'a laissé une lettre pour remplacer ses derniers mots, pour te dire qu'il savait combien votre union était précieuse.

— C'était le grand amour, dis-je à voix basse. Il était tout pour moi. Mon protecteur, mon meilleur ami, mon amour, mon univers.

— Je sais, ma belle. Je sais.

Il n'y a rien de sexuel dans sa voix. Après Mitchell,

personne n'a réussi à me réconforter comme il le fait dans un moment pareil.

— Marissa était mon étoile parmi les étoiles. Elle me comblait. Mais malgré tout mon amour pour elle et tous mes efforts, je n'ai pas réussi à la protéger.

Toujours dans ses bras, je lève le visage vers ses yeux pleins de larmes et pose mes mains sur ses joues.

— Tu l'as aimée de toutes tes forces, Angelo. Tu as fait tout ce qui était en ton pouvoir pour la protéger et la sauver. Je le sais. Mais parfois, le destin en décide autrement et quoi qu'on fasse, on ne peut rien y changer.

Il pose son front contre le mien pour cacher ses larmes.

— Marissa m'a supplié de tourner la page après sa mort. Elle ne pouvait pas partir avant de m'entendre lui promettre de ne pas rester seul pour le restant de mes jours. Dans ses derniers instants de vie, elle pensait plus aux enfants et à moi qu'à elle-même.

— Quelle chance on a eu de les avoir près de nous…

Il pose ses mains à plat dans le creux de mes reins et leur chaleur me fait du bien.

— C'est vrai, Tilly… Je me le dis tous les jours.

— Tu sais pourquoi je refusais de sortir avec qui que ce soit ?

Angelo recule juste un peu son visage pour me regarder dans les yeux.

— Pourquoi ?

— Parce que je ne voulais pas devoir arrêter de parler de Mitchell. Ce n'est pas comme s'il était un ex, tu comprends ? Je ne veux pas qu'un autre homme se sente en compétition avec lui.

— Je comprends parfaitement.

— Mais avec toi, dis-je en passant mes bras autour de sa taille pour le serrer contre moi, je sens que je peux parler de lui sans que tu me juges ou que tu sois jaloux.

— Notre grand amour a été une bénédiction, et sa perte une malédiction plus grande encore. Si on ne peut pas partager nos émotions avec quelqu'un, ça ne marchera pas. On ne sera jamais capables d'aller de l'avant pour continuer à vivre.

— Mitchell t'aurait aimé, Angelo, dis-je en regardant droit dans ses yeux bleu clair. Il aurait aimé ta force tranquille, ton bon cœur et la générosité de ton amour.

— Et Marissa t'aurait adorée, Tilly. Ton enthousiasme est contagieux et ta gentillesse est plus savoureuse que le meilleur de tes cupcakes.

Je ris doucement de l'entendre glisser mes cupcakes dans la conversation.

— Tu crois au destin ?

— Je n'y ai jamais cru. Je ne pouvais pas croire que le destin m'avait donné Marissa pour me l'arracher ensuite.

— Il est difficile de croire en quoi que ce soit quand on perd quelqu'un de si important à nos yeux.

— Mais s'il existe une telle chose, je pense que nous étions destinés à nous rencontrer. On devait se retrouver là, en ce moment, pour s'aider à guérir.

Je pourrais facilement tomber amoureuse de cet homme. Il a un cœur immense.

Je murmure en le regardant droit dans les yeux :

— Est-ce qu'on est trop abîmés pour être ensemble ?

Il secoue la tête et passe ses lèvres sur mon front.

— Je pense qu'on est trop abîmés pour être avec quelqu'un d'autre. Mais ensemble, on est comme réparés.

Je ferme les yeux et resserre mes bras autour de sa taille.

— Je n'avais plus connu un seul moment de paix, avant d'être avec toi.

— Je ressens la même chose, Tilly.

On reste comme ça, dans les bras l'un de l'autre pendant tellement longtemps, que j'en perds la notion du temps. J'éprouve un sentiment de paix en écoutant les battements de son cœur contre mon oreille.

— Est-ce que tu veux toujours sortir ce soir ? demande-t-il quand les larmes cessent enfin de couler.

Je réponds *oui* sans ouvrir les yeux ni lever la tête. J'éprouve tellement de sérénité contre lui que je ne veux pas quitter ses bras.

— Hou hou ! appelle Betty depuis l'entrée de la boutique. Il y a quelqu'un ?

— Bon sang, marmonne Angelo, la bouche contre mes cheveux.

Je me mets à rire. J'aime cette ambiance familiale où les uns ont toujours le nez fourré dans les histoires des autres et réciproquement. Je n'ai jamais connu ça et l'ai toujours envié.

— Par ici !

Je relâche mon étreinte et mets de la distance entre Angelo et moi.

Betty passe les portes battantes, habillée sur son trente-et-un comme si elle avait rendez-vous pour déjeuner dans un restaurant chic.

— Vous voilà, tous les deux, dit-elle en nous regardant comme si elle savait ce qu'il se tramait entre nous.

Elle est resplendissante dans son pull vert clair et son jean skinny. Pour une femme de son âge, elle a un corps de rêve qui la fait paraître dix ans plus jeune.

— Hey, Ma, dit Angelo en se frottant la nuque.

— Salut Betty.

— Salut chérie, répond-elle en prenant mon bras pour m'attirer vers elle et m'embrasser sur la joue. Je sais que vous êtes très occupés tous les deux, mais je voulais juste vous dire qu'on fait un repas de famille, ce soir.

— Mais Ma… on n'est pas dimanche.

Ses lèvres peintes en rouge font la moue.

— Je sais, mais Vinnie s'en va demain et je veux faire quelque chose de spécial avant son départ.

— On avait prévu de sortir, lui dit-il.

— Et vous allez sortir en effet, répond-elle en souriant. Pour venir dîner chez moi à sept heures.

— Mais… et le bar ?

— Je m'en suis chargée. On compte sur toi, Tilly. Je suis sûre que tu ne seras pas contre un bon repas fait maison.

Angelo se penche vers moi et murmure à mon oreille :

— Ne la laisse pas t'amadouer. C'est une piètre cuisinière.

J'ouvre de grands yeux et vois Betty le fusiller du regard.

— J'ai entendu, monsieur l'impertinent. Pour ta gouverne, c'est Daphné et Delilah qui préparent le repas.

— Ce sera un peu plus comestible, alors, répond Angelo en riant.

— Peu importe ce qu'il y a dans les assiettes, nous dit sa mère. Le plus important, c'est d'être ensemble en famille.

— Je sais, Ma.

— Peut-être qu'on devrait juste reporter à une autre fois, dis-je à Angelo.

— Non, ma chérie, dit Betty en secouant la tête. Tu fais partie du groupe, maintenant.

— Ah bon ?

Je suis interloquée.

Betty m'attrape par les épaules.

— Mais oui, et Tate a insisté pour que je vienne t'inviter.

— Oh... dis-je, prise au dépourvu. Est-ce que je peux apporter quelque chose ?

— Seulement toi.

Angelo se tient derrière moi en silence.

— Sept heures, entendu ? nous rappelle-t-elle comme si on avait pu oublier.

— On sera là, Ma, répond-il.

Elle nous regarde un moment et nous lance de but en blanc :

— Vous feriez de très beaux enfants, tous les deux.

Je m'étrangle presque avec ma propre salive et me mets à tousser de façon incontrôlable.

Angelo pose ses mains sur mes épaules et me soutient.

— Ma, descends d'un cran.

— Je ne fais qu'énoncer l'évidence, répond-elle en haussant les épaules. Faites-en ce que vous voulez. Maintenant, j'y vais. Je rejoins madame Onorato au Piatto pour le déjeuner.

— Au plat ?

Qui peut bien avoir l'idée d'appeler son restaurant « Plat » ?

— Oui, ma chérie. Tu parles italien ?

— J'ai passé un an en Italie avec Mitchell. Il était en poste là-bas. J'ai appris quelques mots.

— Oh ! Elle me plaît, dit-elle en adressant un clin d'œil à Angelo.

— Tu n'es pas en retard ?

— Sept heures, répète-t-elle en poussant les portes battantes avant de disparaître vers l'entrée du magasin.

On ne dit pas un mot avant que le bruit de ses talons hauts s'évanouisse.

— Elle y va fort, dis-je sans pouvoir m'empêcher de rire en me tournant vers Angelo.

— Ils sont tous complètement dingues, dans ma famille.

— Je les ai déjà rencontrés.

— Tu ne les as pas vus à l'œuvre, dit-il en me reprenant dans ses bras.

— J'ai toujours voulu avoir une grande famille. J'ai hâte de dîner avec eux.

— Tu en es sûre ? Je peux annuler pour qu'on sorte seulement tous les deux.

Je secoue la tête. J'ai très envie de passer une soirée tranquille avec sa famille.

— J'en suis sûre, Angelo. Ils sont une part de toi.

— Ils sont ma part de folie.

Il me serre tout contre lui et j'aimerais rester comme ça pour toujours.

— Les gens normaux ne sont pas drôles, de toute façon.

— Méfie-toi. J'ai peur qu'ils puissent être un peu trop difficiles à gérer tous en même temps. Surtout pour une première.

— Il vaut mieux retirer le pansement d'un coup sec.

Du moins, c'est ce que je me dis. Je mentirais si je disais que je ne suis pas un peu anxieuse à l'idée de ce dîner. Mais je les ai déjà tous rencontrés et d'après ce que je peux en dire, ils ont tout d'une famille parfaite.

CHAPITRE 17
ANGELO

JE PASSE mes mains de haut en bas sur les bras de Tilly alors qu'on se tient devant le bar, dehors.

— C'est ta dernière chance de faire demi-tour.

Tilly se tourne et regarde par les fenêtres.

— Je pense que ça va aller.

Elle n'a aucune idée de ce qui l'attend. Pris individuellement, les membres de ma famille sont cools. Du moins, la plupart d'entre eux. Mais la situation peut vite déraper si on les réunit tous dans une pièce, qui plus est avec une nouvelle venue au milieu.

— Souviens-toi d'une chose : si ça devient pénible ou que tu te sens submergée, dis-le-moi et on s'en ira.

— Pénible pour toi ou pour moi ? demande-t-elle en riant.

Je me penche vers elle et tiens son menton du bout des doigts.

— Ton culot me plaît.

Elle se mord la lèvre et sourit en coin avant de répondre :

— Ton cul me plaît, tout court.

Je me contente de secouer la tête.

— Tu vas être comme un poisson dans l'eau, avec eux.

— Merci, répond-elle en me regardant avec ces grands yeux verts qui me laissent sans voix.

Je cherche à décrypter son regard.

— De quoi ?

C'est moi qui devrais la remercier de venir ce soir alors que rien ne l'y obligeait.

— De me donner le sentiment d'être désirée.

— Tilly, dis-je en approchant mes lèvres des siennes. Je ne peux même pas expliquer tout ce que tu me fais ressentir.

Il n'y a rien à ajouter. Cette femme m'a redonné plus de goût à la vie que j'en ai eu ces trois dernières années. Je sens que je pourrais m'abandonner à elle.

Je me penche et pose mes lèvres sur les siennes le plus légèrement possible. Ce baiser est doux, pur et à l'image de tout ce que je ressens. Elle m'embrasse à son tour en s'agrippant à mes bras. La buée de nos souffles se mêle à l'air froid du soir et je recule d'un pas pour reprendre ma respiration.

— Ne fais pas ça.

Je hausse un sourcil et demande :

— T'embrasser ?

— Pas comme ça. Pas quand on doit passer la soirée avec ta famille.

Je ris et l'embrasse sur le front.

— Je ne t'embrasserai plus jusqu'à ce qu'on soit seuls, c'est promis.

Elle se blottit contre moi et s'agrippe à mon col.

— Je pourrais rester comme ça toute la nuit.

Je m'apprête à envoyer bouler ma famille quand on frappe au carreau. Ma mère nous observe, bouche bée, le visage collé à la vitre.

— Venez ! dit-elle, mais sa voix est couverte par les bruits de la rue et la musique du bar.

Tilly me dit, amusée :

— On se fait désirer, on dirait.

— Ma est tellement indiscrète.

— Elle est gentille, dit-elle en me regardant, un sourire innocent sur les lèvres.

— Je te rappellerai tes propres mots dans quelques heures.

J'ouvre la porte d'entrée pour tomber sur une Betty très impatiente.

— Tout le monde vous attend, pendant que vous jouez à bisou-bisou dans la rue, déclare Ma en tapant du pied, les bras croisés.

— Bisou-bisou ? dis-je sans pouvoir m'arrêter de rire en la suivant à travers le bar bondé.

— Venez. Le dîner est presque prêt.

Elle nous fait signe de la suivre et monte les escaliers plus rapidement qu'à son habitude.

— Tu connais ton frère. Il est toujours affamé.

— Ils ont tous le goût du mélodrame, dis-je à Tilly en la faisant passer devant moi et monter derrière ma mère.

— Les voilà, annonce ma mère dès qu'on pose un pied sur le palier de son appartement. Je les ai surpris en train de se rouler des pelles dans la rue.

— Félicitations, frangin, me dit Vinnie avec un clin d'œil.

En entendant le commentaire débile de mon frère et le rapport exagéré de ce qu'a vu ma mère, Tilly rougit. Peut-être que du temps de Ma, se rouler des pelles voulait dire s'embrasser légèrement sur les lèvres, mais pas à notre époque.

Ma attrape Tilly par le bras et l'éloigne de moi pour la mener au salon.

— Viens, que je te présente.

Elle a droit au parachutage en pleine arène des Gallo sans avoir pu prendre la température.

Je m'effondre sur une chaise dans la cuisine à côté de Vinnie et enlève ma veste, sans quitter Tilly des yeux pour autant.

Il se penche tout près de moi.

— Tu es foutu.

— Peut-être.

Je ne prends pas la peine de le regarder et ma réponse n'est pas complètement honnête.

— Il n'y a pas de peut-être. Tu ne peux pas la quitter des yeux.

Je réponds par un grognement.

— Tu vas la mettre dans ton lit ou te dégonfler ?

Je le regarde en biais.

— Tu es toujours en manque ?

— Disons seulement que j'ai de l'expérience. Je suis incollable en minettes.

Je secoue la tête.

— Il faudrait que tu grandisses, un jour.

— L'année prochaine, quand je passerai pro, dit-il comme si ça pouvait être une réponse logique. Mais je te le demande encore : est-ce que tu comptes sortir avec cette fille ou quoi ? C'est un morceau de premier choix.

Je le regarde froidement.

— Ne t'avise plus jamais, en aucune circonstance, de parler d'elle comme d'un morceau de premier choix.

Il renverse la tête en arrière avant de me dire, un sale rictus aux lèvres :

— Ouaip. Je le savais.

— Vous vous disputez à propos de quoi ? demande Lucio en s'asseyant face à nous, m'empêchant presque de voir Tilly.

— D'elle, répond Vinnie avec un mouvement de menton vers le salon.

Lucio me fixe en se frottant le menton.

— Tu as déjà couché avec elle ?

— Non.

Lucio hausse les épaules.

— Pourquoi ?

— C'est compliqué.

— Mon frère… commence Lucio, mais je lui coupe la parole.

— Je sais, je sais. Mais il ne s'agit pas seulement de mon passé à surmonter. On prend notre temps.

— Prends tout le temps que tu veux, mais tu ferais bien de sceller l'affaire.

Il répète ce que je lui ai dit à ses débuts avec Delilah. Je savais que ces conneries me reviendraient dans la gueule un jour ou l'autre.

— Je le ferai, dis-je en grommelant.

— Je suis sérieux, Angelo. Fais-le avant de la perdre, insiste-t-il en me pointant du doigt comme si je ne l'écoutais pas.

— Je t'ai dit qu'on prenait notre temps.

— Je ne te dis pas de coucher avec elle, mais de faire en sorte que personne d'autre ne le fasse.

Je le mesure du regard.

— Elle n'est pas comme ça.

Lucio lève les mains en l'air.

— Je n'ai pas dit qu'elle l'était, mais vous avez tous les deux besoin de certitudes et de sécurité.

Ce qu'il dit n'est pas faux. Après ce qu'on a vécu, on a besoin que les choses soient claires et nettes pour qu'aucun de nous ne se sente en insécurité ou ne se fasse du souci. Je ne voudrais surtout pas que Tilly puisse imaginer qu'une autre femme a une chance avec moi.

Je finis chaque journée de travail avec au moins une demi-douzaine de 06. Chacun d'entre eux finit dans la poubelle parce qu'il est hors de question pour moi de sortir avec une cliente. J'ai beau avoir des besoins, je suis avant tout un père et je dois penser à mes enfants avant ma queue.

Tilly parle avec Delilah et Daphné dans le canapé sans me prêter la moindre attention. Ça ne me dérange pas. Je veux qu'elle se sente à l'aise avec ma famille, sans quoi il ne pourrait pas y avoir d'avenir pour nous.

— Tu devrais l'inviter à sortir, dit Ma en revenant dans la cuisine.

— On devait sortir ce soir, avant que tu nous invites ici.

— Eh bien, répond-elle en secouant la tête. Demain, alors.

— Bien sûr, comme si je n'avais rien d'autre à faire… Qui aurait besoin de passer du temps avec les enfants ?

Elle pose ses mains sur ses hanches et plisse les yeux.

— Ne sois pas insolent, mon p'tit.

Putain. Peu importe l'âge que j'ai, Ma me traite toujours comme un gosse. Jusqu'au bout, elle me tiendra tête pour me rappeler que de nous tous, c'est elle la cheffe… et pour toujours.

— Tilly essaie de lancer son affaire, et moi j'ai deux

enfants. Il n'est pas facile de trouver des soirs propices aux sorties, c'est tout ce que je dis.

Elle saisit une manique et nous tourne le dos.

— Pourquoi est-ce que tu ne l'invites pas à dîner chez toi ?

— Je ne veux pas perturber les enfants.

— Mon chéri, commence-t-elle de cette voix mielleuse qu'elle prend toujours quand elle n'est pas d'accord. Tate l'a déjà trouvée endormie dans ton canapé et ça ne l'a pas dérangée. Il s'agit seulement d'un repas. Tout le monde doit manger.

— On peut garder les enfants, Delilah et moi, propose Lucio, comprenant enfin les joies de la paternité quand tu veux tirer un coup ou pouvoir faire quoi que ce soit entre adultes. Ils peuvent même passer la nuit chez nous.

Sachant le service que ça représente, j'insiste :

— Vous pourrez gérer ?

— Deux de plus, qu'est-ce que ça changera ? C'est déjà le chaos total, chez nous. Tout ce que je peux garantir, c'est de te les rendre vivants. Pour le reste, ce sera de l'impro.

Ma touche mon épaule.

— Accepte, chéri. Tu mérites un peu de bonheur et une nuit à toi.

Lucio me regarde. Il attend. Je ne pourrai jamais le remercier suffisamment de tout ce qu'il a fait pour moi depuis la mort de Marissa. Il a pris mes enfants avec lui un nombre incalculable de fois, les protégeant de la spirale qui m'aspirait dans les profondeurs de la dépression.

— J'accepte ton offre, mon frère, mais seulement si je peux te rendre la pareille.

— Oh que oui, putain, gronde-t-il. Je suis tellement épuisé, je rêve juste de pouvoir dormir une nuit entière.

— C'est pour ça que je ne m'engage pas avec une seule fille, dit Vinnie en regardant sa bière. À vous voir tous les deux, la vie d'adulte me semble être la chose la plus merdique qui soit.

— Si tu continues à foutre ton machin dans tout ce qui a des seins, tu ne tarderas pas à te retrouver avec un gosse à toi.

Il avale sa bière d'un trait et s'essuie la bouche d'un revers de main.

— Arrête. Je mets toujours un préservatif.

— Disons qu'au moins tu as cette intelligence-là, marmonne Lucio dans sa barbe.

— Angelo, dit Daphné avant de s'éclaircir la voix en entrant dans la cuisine, Tilly à son bras. Celle-là, il ne faut pas la lâcher.

Tilly pouffe de rire.

— Tu es trop gentille, Daphné.

— La plupart des gens ne la décriraient pas comme ça, dis-je en riant.

— Hey, tu n'es pas mieux, ducon, dit Daphné en me tirant la langue comme si on avait douze ans.

Je réponds en faisant un clin d'œil à Tilly :

— Je suis passionné, c'est différent.

Tilly se mord la lèvre pour ne pas rire.

— Bref, dit Daphné en ignorant ma réponse comme à son habitude. Nous, les filles, on va faire les magasins ce week-end. Toi aussi, Ma.

— Carrément, acquiesce Tilly. Je n'ai jamais fait de virée entre filles.

Je lève les yeux au plafond et marmonne :

— Oh mon Dieu…

— Ce sera merveilleux ! J'ai hâte ! s'exclame Delilah en tapant dans ses mains, toujours partante pour marcher dans les combines de Daphné.

Leo arrive derrière Daphné et passe ses bras autour de sa taille.

— C'est moi qui régale, annonce-t-il. Aucune dépense n'est superflue pour ma *bella*.

— Eh bien, je ne sais pas quoi dire… répond Ma qui n'est pourtant jamais à court de mots.

Ma mère a toujours une opinion sur tout et n'importe quoi, mais l'offre de Leo d'un shopping offert aux folies non plafonnées la laisse sans voix. Elle reste plantée là, le rôti braisé dans les mains, à regarder Leo bouche bée.

Tilly est radieuse. Elle rayonne, debout à côté de ma sœur, en observant les filles.

— Pourquoi est-ce qu'on n'irait pas dimanche, puisqu'on fait le repas de famille aujourd'hui ? demande Daphné à Ma.

— Va pour dimanche, répond Ma en posant enfin le rôti au-dessus du four. Tout s'organise à merveille.

— Tu es sûre que ça te va, Tilly ? demande Daphné.

Tilly hoche la tête et me regarde.

— Si ton frère…

Je lève les mains, content de la voir contente.

— Tout ce qui te fera plaisir. Tu mérites une bonne journée pour te divertir.

Je peux déjà dire que ma famille a un coup de cœur pour Tilly, tout comme moi. Il est temps pour moi de suivre mes propres conseils et de sceller l'affaire en officialisant notre relation pour chasser tout doute possible.

CHAPITRE 18
TILLY

LE SOLEIL brille et le ciel est tout bleu pour la première fois depuis ce qui m'a semblé être une éternité. Les oiseaux gazouillent au-dessus de ma tête, ils ont l'air aussi contents que moi de sentir l'arrivée imminente du printemps.

Je déroule une couverture dans l'herbe et m'enroule dans une autre avant de m'asseoir.

— Il fallait que je te parle.

Je ramasse des brindilles, les rassemble et les empile pour m'empêcher de m'effondrer. Je ne peux pas me résoudre à lever les yeux et reste concentrée sur les herbes séchées au bord de la couverture.

— J'ai rencontré quelqu'un.

Le vent se renforce et je resserre la couverture autour de moi.

— Il te plairait.

Je laisse ma tête tomber en avant et mes yeux s'emplissent de larmes. Je n'ai jamais pu lui parler sans pleurer, et aujourd'hui ne fait pas exception. Je pensais que ce serait plus facile, à présent. C'est l'avantage d'aller de l'avant, ou du moins, c'est ce qu'on m'a dit.

— Il est méritant et gentil, tout comme toi, Mitchell.

Je prends une profonde inspiration et lève enfin les yeux vers sa pierre tombale.

— Roger m'a donné ta lettre, l'autre jour.

J'attends un instant, comme s'il pouvait répondre ou m'envoyer un signe pour me dire au moins qu'il m'entend.

Je n'avais jamais vraiment réfléchi à une vie après la mort jusqu'à ce que Mitchell quitte ce monde, mais depuis, je suis toujours à l'affût d'un signe de lui, jusque dans les bruits infimes des nuits pourtant silencieuses.

— J'ai réussi à faire un pas vers l'avenir. Dans mon cœur, je serai toujours ta femme, même si tu n'es plus là pour vivre à mes côtés.

Je sors sa lettre de ma poche et la déplie.

— Certains jours, quand je réalise que ce n'était pas qu'un mauvais rêve et que tu es vraiment parti, je ne peux plus respirer.

Je parcours la lettre des yeux en effleurant son écriture de mes doigts.

— J'ai mis cinq ans à me réveiller de ce cauchemar, Mitchell. Et je sais maintenant que tu ne reviendras jamais.

Je crois n'avoir jamais pu dire ces mots à voix haute, auparavant. Ils étaient trop douloureux. Ils le sont toujours mais, d'une certaine façon, j'ai besoin de les prononcer.

— Avec Angelo, je me sens vivante à nouveau, dis-je à Mitchell en ressentant de la culpabilité, même pour la plus petite once de joie. Ce n'est pas un adieu, mon amour. Je ne pourrai jamais te dire adieu, quels que soient le nombre d'années et la distance infinie qui nous séparent.

Je touche la pierre tombale, posant ma main à plat à côté de son nom.

— Je vis comme tu me l'as demandé dans la lettre que tu m'as laissée. J'avance dans ma vie. Tu devrais voir la boutique de cupcakes… Ça t'aurait plu, je réalise mes rêves.

Mon Dieu, je déblatère. Je saute du coq à l'âne parce que trop parler d'Angelo me paraît déplacé, malgré ce que Mitchell m'a écrit.

Je lui promets de le rendre fier de moi.

Je reste là une heure, à nettoyer les débris apportés par l'hiver et à lustrer sa pierre tombale. Avant, je venais ici chaque semaine, mais avec les préparatifs de la boutique et les terribles températures hivernales, je n'étais plus venue depuis un mois.

— Je t'aime.

Je me lève. Je recule pour regarder sa tombe et me recueillir sur ma vie passée et tout ce que j'ai perdu. Je sais que je dois tourner la page et suivre les volontés de Mitchell à mon égard.

— Je t'aimerai jusqu'à mon dernier souffle.

— Tu le revois quand ? demande Roger qui n'est pas du genre à tourner autour du pot.

Il choisit un cupcake et mange le dessous, gardant le meilleur pour la fin.

— Demain. On dîne ensemble.

Je lui prends le papier d'emballage des mains pour m'occuper et essayer de ne pas trop me focaliser sur ce premier vrai rendez-vous.

À la pizzeria, la dernière fois, on s'est dit que la sortie comptait comme un rencard, mais on savait bien que ce n'était pas vrai. Je n'étais pas stressée parce que je savais qu'on était juste amis, même si l'alchimie entre nous était incroyable et l'attirance indéniable.

— Où est-ce qu'il t'emmène ?

— Il cuisine.

Roger écarquille les yeux.

— Et il sait que tu es cuistot, pas vrai ?

Je fais un geste vers la cuisine, là où Angelo est venu au moins une demi-douzaine de fois.

— Hum, oui. Je crois qu'il a pu s'en rendre compte.

— Je n'oserai jamais cuisiner pour toi.

— Tu es un piètre cuisinier, dis-je en plissant le nez. Par contre, tu as du flair pour choisir les meilleurs restaurants.

Roger fait un petit saut pour s'asseoir sur la table et se mettre à l'aise.

— Qu'est-ce qu'il prépare ?

Je hausse les épaules et continue de mélanger un dernier glaçage aux myrtilles.

— Il a dit que c'était une surprise.

— Est-ce que tu vas te raser partout ?

Je le dévisage, bouche bée.

— Est-ce qu'on est vraiment obligés d'en parler ?

Il acquiesce.

— Tu dois te préparer pour toute éventualité. Tu devrais te faire un maillot brésilien.

Je pointe ma spatule sur lui. Cet homme tombe à genoux à la moindre égratignure et c'est lui qui dit ça ?

— Et si tu allais t'épiler les poils du cul, avant ? Après, et seulement après, tu pourras venir me parler, OK ?

Roger frissonne.

— Les hommes ne sont pas faits pour être sans poils.

— Mon pubis non plus, mon pote. Je ferai juste une taille.

— On n'est plus dans les années soixante-dix, ma chérie. La touffe n'est plus à la mode et aucun homme ne veut d'une fourrure dans la bouche.

Je le fusille du regard par-dessus mon bol à mélanger.

— Et qu'est-ce que tu en sais ?

Il a un haut-le-cœur.

— Je sais que quand j'ai un poil coincé dans la gorge, ça me demande tous les efforts du monde pour ne pas dégueuler sur son propriétaire.

— Attends, dis-je en cessant toute activité pour lui porter mon entière attention. Est-ce que tes partenaires ont des queues poilues ?

Il se marre.

— J'en ai connu quelques-uns, mais quand leur machin n'est pas tondu et que c'est tout en bataille, c'est rédhibitoire pour moi.

— Alors quoi… Tu t'en vas, comme ça ?

Il lèche la première couche de glaçage de son cupcake et ferme les yeux.

— Ce truc est à la banane.

— À la myrtille, dis-je pour le corriger. Réponds à ma question.

— Je veux dire : c'est un régal.

— Roger.

— Très bien. Je ne m'en vais pas quand ils ont une touffe plus épaisse qu'une forêt vierge. Ils peuvent toujours me sucer la queue si ça leur chante, mais je ne leur rends pas la pareille.

— Tu es un porc.

Je lance une goutte de glaçage dans sa direction.

— Chérie, répond-il en riant. Un porc n'aurait pas d'état d'âme. Il se contenterait de sucer la chose comme si elle contenait la dernière goutte d'eau de la planète. Alors que moi, dit-il en posant une main sur sa poitrine, je suis un fin connaisseur de queues et je ne mets dans ma bouche que ce qu'il y a de meilleur.

— Tu es malade, putain.

— Quelle est la dernière queue que tu as vue à part celle de mon frère ?

Je m'affaire pour esquiver la question de Roger, parce qu'il péterait un câble si je lui disais la vérité. Il n'y a aucune chance pour que je lui révèle ce qu'était ma vie sexuelle avant Mitchell. Aucune chance au monde.

— Tilly, dit-il. La dernière queue…

Mon Dieu, c'est tellement embarrassant. Je peux à peine regarder la réponse en face moi-même, alors la dire à voix haute, n'en parlons pas.

— Attends…

Il saute de la table, avance vers moi et s'arrête à quelques pas.

— Ne me dis pas ça.

— C'est faux, dis-je en piquant du nez dans le bol rempli de glaçage.

— Tu as vu d'autres sexes avant celui de Mitchell ?

— J'en ai vu plein.

Il pose ses mains à plat sur l'îlot en acier. Je sens le poids de son regard sans même lever les yeux.

— Combien de sexes as-tu vus ?

— Des tonnes, dis-je pour gonfler la réalité.

— En personne ?

— Eh bien, oui.

Je les ai bien vus de mes propres yeux, mais il se peut qu'ils aient été sur un écran d'ordinateur ou de télévision. Celui de Mitchell est en fait le seul que j'ai vu en chair et sans os.

— Oh putain. Tu étais vierge avant Mitchell, pas vrai ?

Je lui jette un coup d'œil menaçant.

— Et ça te pose un problème ?

— Aucun. Absolument aucun. Pas même une petite branlette à un pauvre type ou deux au lycée ?

Je secoue la tête.

— Trente ans et une seule queue, énonce-t-il comme si c'était la chose la plus incroyable qu'il ait jamais entendue.

— Ouaip.

— Tu vas te rappeler quoi faire ?

Je lâche la spatule dans le bol à mélanger et me prends la tête dans les mains, essayant de ne pas rire ni pleurer. Je suis au bord des deux, mais c'est comme si je ne savais pas départager qui, du rire ou des larmes, exprimerait le mieux ce que je ressens.

— Je pense me souvenir comment m'y prendre, Roger. Une queue n'a rien de si compliqué.

— Très juste.

— Et puis, ton frère n'a jamais eu l'air de se plaindre.

— Eh, murmure Roger. Quand tu aimes quelqu'un, le reste n'a pas d'importance.

— Es-tu en train de dire que j'étais un mauvais coup ?

— Je dis que tu ne peux pas mal faire. Détends-toi, miss. Promets-moi juste d'être bien préparée pour ce rendez-vous.

Je passe le dos de ma main sur mon front et soupire.

— Et si je n'y arrive pas ?

— C'est comme le vélo, ça ne s'oublie pas. Mais si tu n'y arrives pas, laisse-le te guider.

— Non, Roger. Je parle de l'éventualité que je me fige et me bloque. Mitchell est le seul homme que j'aie connu. Et si je n'étais pas prête à franchir ce pas ?

— Tilly, dit-il en touchant mon bras, toujours réconfortant. Si Angelo est un homme digne de ce nom, il attendra le temps qu'il faudra. Et s'il ne le fait pas, je lui mettrai une telle raclée qu'il ne posera plus jamais les yeux sur toi.

— Ne fais pas le con, dis-je en lui donnant une tape sur la poitrine. Ce type me plaît vraiment.

— Ne t'inquiète de rien, ma chérie. Quand ce sera le moment, ça se fera. Si tu écoutes ton cœur, tu ne pourras jamais te tromper.

CHAPITRE 19
ANGELO

DEPUIS UNE DEMI-HEURE, j'essaie de me préparer pour mon rendez-vous et Tate, qui s'en fiche complètement, fait une représentation de danse classique dans le salon. Elle tournoie autour de moi dans le tutu violet que ma mère lui a offert à Noël. Elle sort le grand jeu pour m'amadouer.

— Pourquoi est-ce que je ne peux pas rester avec vous, papa ?

Dès qu'elle a su que Tilly venait à la maison, elle a commencé à chouiner. Elle adore pourtant oncle Lucio et Tatie Delilah ; d'habitude, elle est ravie d'aller chez eux. Mais pas ce soir. Pas quand Cupcake-Tilly vient chez nous.

— C'est une soirée entre adultes, ma puce.

— Je resterai dans ma chambre.

Elle fait une moue particulière pour m'attendrir.

— On sait tous les deux que c'est faux.

— Je te promets.

— Tu vas bien t'amuser, avec oncle Lucio. Laisse papa et Tilly passer un peu de temps ensemble.

— Est-ce que vous allez encore vous endormir sur le canapé ?

— Non, mon cœur, dis-je en secouant la tête.

À dire vrai, je ne serais pas contre une autre nuit avec Tilly dans mes bras. J'avais oublié comme il est bon de dormir avec quelqu'un et la paix que ça procure. Les enfants me font vivre des nuits infernales quand ils viennent dormir dans mon lit et me donnent des coups comme si j'étais celui qui prenait toute la place et non l'inverse.

Lucio entre dans la pièce et découvre Tate.

— Je vois que tu kiffes toujours le ballet.

Tate se met à crier et à courir vers Lucio pour lui sauter dans les bras.

— Tonton ! glousse-t-elle quand il la chatouille. Arrête !

Il la serre contre lui et la laisse reprendre son souffle.

— Prête pour une soirée rigolote, mini-portion ?

— On pourra manger des cookies ?

— Bien sûr.

— Et un gâteau ?

— Je ne sais pas.

— Comment ça, tu ne sais pas ?

Lucio me regarde pour que je lui vienne en aide, mais je me contente de hausser les épaules en continuant à débarrasser la table à manger de tous les feutres et les cahiers de coloriage.

— Eh, mec, dit-il en montrant Tate qui boude dans ses bras. Où est-ce qu'elle met tout ça ?

— Aucune idée, mais il vaut mieux l'avoir en photo qu'à table.

— Tonton Lucio…

Elle lui attrape le visage et je sais très bien ce qu'il va se passer. Elle va faire son numéro de charme et le mettre encore plus à sa botte.

— Quoi, ma poupée ? demande-t-il en repoussant ses cheveux bruns dans son dos.

Elle se penche vers lui jusqu'à ce que leurs nez se touchent presque.

— Si tu me donnes du gâteau, je promets d'être sage.

Elle appuie ses mains sur les joues de mon frère.

— S'il te plaît…

Bon sang, il est presque impossible de lui dire non. Je lutte pour tenir bon, parfois, mais ses oncles… Ils sont incapables de lui refuser quoi que ce soit quand elle leur fait du charme.

— Donne-moi un bisou, dit Lucio en mettant sa bouche en cul de poule. Et on s'arrêtera prendre un gâteau pour le dessert.

Tate ouvre de grands yeux comme si elle n'en revenait pas. Elle joue la comédie. Elle savait très bien qu'elle le menait à la baguette. Les mains toujours sur son visage, elle lui fait un bisou baveux et rapide. Puis elle se tortille, essayant de se libérer de ses bras.

— Je dois aller chercher mon sac, dit-elle en le repoussant.

— Et ton frère, dis-je alors que ses pieds touchent le sol.

Elle s'élance dans le couloir en sautillant, ravie d'avoir obtenu ce qu'elle voulait.

Lucio est un pigeon. On l'est tous, dans la famille, et Tate le sait. Mais il n'y a rien à faire, on se fait avoir à chaque fois.

Lucio se marre en se frottant la nuque.

— Elle m'a bien eu, pas vrai ?

— Une vraie pro.

— Quand elle arrivera à la puberté, tu devras l'enfermer dans sa chambre à double tour.

Je me marre, mais j'y ai déjà pensé plus d'une fois. Je suis déjà furax à l'idée du premier connard qui posera les mains sur ma fille en lui jurant de l'aimer pour toujours alors qu'il ne sera qu'une queue sans cervelle.

Lucio s'appuie contre le plan de travail et m'observe passer en mode panique à bord. J'essaie de venir à bout du rangement en fourrant tout ce que je trouve un peu partout.

— Tout est prêt pour Tilly ?

— Le repas est au four et j'ai fait le ménage, alors… oui.

Je jette un coup d'œil au résultat, impressionné par l'état des lieux. Avec deux enfants, avoir la moindre surface sans jouets est complètement inédit. Mais Tilly a vu cette pièce l'autre soir dans le désordre le plus complet et n'a pas eu l'air incommodée.

— On gardera les enfants aussi longtemps que tu voudras. Il n'y a pas le feu. Delilah leur a déjà prévu des activités pour demain après-midi.

— Vous n'êtes pas obligés. Je peux les récupérer tôt demain matin.

Lucio fait une moue.

— Relax, ne bouscule pas ta Morteau.

— C'est quoi ton délire, putain ?

— Tu sais, la saucisse de Morteau… dit-il comme si j'étais le dernier des abrutis à ne pas comprendre. Laisse tomber. Profite bien, c'est tout.

Je hoche la tête.

— C'est l'idée.

— Et n'oublie pas de…

— Oui, oui, oui, dis-je en le chassant de la main.

— Utilise du latex de compète, mon frère.

Tate revient dans le salon chargé comme un âne bâté, un sac à dos à la main et un autre sur le dos. De sa main libre, elle tire Brax par le col.

— On est prêts ! lance-t-elle, tout à coup pressée de me quitter.

Lucio lui prend son sac. Il attend en fixant sa petite main qui tient son frère jusqu'à ce qu'elle comprenne et le lâche.

— Que penses-tu de DeLuca ?

Tate pousse un cri de joie.

— Génial ! On peut prendre un gâteau Cassata ?

— Je suis sûr qu'ils en vendent en parts individuelles.

Je ris, parce que je connais Tate et qu'une part n'est jamais assez pour ce petit ogre. Elle pose ses poings sur ses hanches et fronce les sourcils.

— Je parlais du gâteau entier.

Il sursaute et me regarde, attendant que j'intervienne.

— Vraiment ? demande-t-il.

— Elle te plantera sa fourchette dans la main si tu tentes de lui soutirer un morceau de sa part. Tu prendrais moins de risques en achetant tout le fichu gâteau.

Autant le prévenir : ma fille est une vraie furie en matière de gourmandises.

Il la dévisage, interloqué.

— Il va falloir qu'on parle de tes habitudes alimentaires, ma p'tite.

Elle le tire par la main vers la porte et me regarde à peine.

— Salut, papa !

Je prends Brax dans les bras pour lui faire un gros câlin, puis je le repose et il va s'accrocher à la deuxième main de Lucio.

— Sois sage avec tonton.

— J'ai la situation en main, me dit Lucio, même s'il me semble que ce sont plutôt les enfants qui l'ont et non l'inverse.

Je le regarde par la fenêtre installer les enfants dans son nouveau pick-up quatre portes. De tous les véhicules qu'il a eus, c'est celui qui se rapproche le plus d'une voiture familiale et c'est déjà un grand progrès depuis sa vieille moto.

J'ai exactement une heure devant moi avant l'arrivée de Tilly. Ça me laisse juste le temps de finir de ranger, prendre une douche et rassembler mes esprits avant qu'elle passe la porte.

J'ai l'impression qu'on a passé un cap, l'autre jour, après notre conversation dans sa cuisine et le dîner chez mes parents où elle a été comme un poisson dans l'eau. Ce soir-là, grâce à l'authentique façon de faire des Gallo, elle a intégré le clan.

Maintenant, à moi de lui montrer clairement que mes intentions dépassent l'amitié. Il y a plus que de l'attirance entre nous. Nous sommes les deux moitiés du même cœur brisé, en quête de paix dans un monde qui semble ne plus avoir de sens.

———————

Tilly retire ses chaussures pour se mettre à l'aise, assise sur le canapé à mes côtés. Elle se tourne, un bras calé sur un coussin et un verre de vin blanc à la main.

— J'avais besoin d'une soirée comme celle-là, dit-elle.

Je me tourne vers elle à mon tour, laissant mon genou toucher le sien. Ça fait très lycéen, mais j'essaie de retrouver mes manières de célibataire. Je savais qu'entreprendre une liaison serait compliqué. J'ai vécu si longtemps avec Marissa qu'en dehors de ses goûts à elle, je ne connais rien. Et même avec elle, je n'ai jamais fait preuve d'une grande fluidité naturelle, sauf que ça n'avait pas d'importance.

Je frotte ma main sur ma cuisse, essayant de rester calme pour la conversation importante qu'on doit avoir.

— Tu vas être très occupée, après l'ouverture de la boutique.

Quel idiot je fais… On dirait un crétin sans assurance lui donnant déjà toutes les raisons de ne plus jamais le rappeler. Pourtant, toutes les bonnes ondes sont là, ça colle entre nous, l'alchimie est là, nos passés sont différents mais ont beaucoup de similitudes… Mais, et si… et si je lui demande d'être en couple avec moi et qu'elle part en courant, terrifiée à l'idée de tourner la page et incapable de vivre une autre histoire après son mariage ?

Elle touche mon genou.

— Ça va être intense, oui, mais je ne consacrerai pas ma vie entière à la boutique. Il y a d'autres choses bien plus importantes, dit-elle en me regardant bien en face. J'ai appris que le temps est ce que nous avons de plus précieux, et même si la boutique de cupcakes est un rêve de longue date, je sais maintenant que j'attends plus de la vie.

— Tilly… dis-je en me rapprochant et en posant ma main sur la sienne. Je veux te dire quelque chose d'important.

Elle se penche en avant et pose son verre sur la table basse.

— Bien sûr. Quel est le problème ?

Je fais un geste vers elle pour caler une mèche de ses

cheveux derrière son oreille, mais au lieu de retirer ma main ensuite, je la pose sur sa joue.

— Il y a de l'affinité entre nous, pas vrai ?

Elle acquiesce, incline la tête et pose son visage dans ma main.

— J'ai vraiment l'impression qu'on était faits pour se rencontrer à ce moment-là de nos vies. Tu n'es pas arrivée dans la mienne par hasard et je suis indéniablement et irré-pressiblement attiré par toi. Quand tu es près de moi, je me sens en paix comme je ne me souviens plus de l'avoir été, tant c'était il y a longtemps.

— Moi aussi, murmure-t-elle en me regardant à la lueur de la bougie.

— Je ne désire personne au monde comme je te désire. On peut prendre notre temps, mais je veux que tu n'aies aucun doute à propos de mes intentions. Je veux que tu sois à moi. À moi et à personne d'autre.

La commissure de ses lèvres touche mon pouce. Elle demande :

— Tu es à moi aussi, alors ?

— À personne d'autre.

Elle déplace sa jambe de côté et s'approche tout près de moi.

— Je suis en train de tomber amoureuse de toi, Angelo. C'est rapide et fort à la fois.

Mon cœur s'emballe en entendant sa confession.

— Je sais que c'est fou, mais je ressens la même chose. À la minute où je t'ai vue et entendue engueuler ton mixeur, j'ai su que je te voulais.

Elle se penche et me surprend en montant sur mes

genoux. En un instant, mes mains sont dans son dos pour la maintenir tout contre moi.

— Dis que tu es à moi.

Elle presse son buste contre moi en approchant ses lèvres des miennes. Dans la lumière tamisée, ses yeux sont sombres, mais une lueur ardente les illumine.

— Je veux être à toi, Angelo.

Je me penche vers elle en la serrant contre moi et appuie ma bouche sur la sienne. J'effleure sa lèvre avec ma langue, elle a un parfum de vin blanc des plus agréables. Elle est enivrante, purement et simplement.

Elle fait glisser ses mains le long de mes bras pour venir les accrocher à mon cou tandis que mon baiser se fait plus profond. Le désir de découvrir son corps rend la retenue que je m'étais promise difficile à respecter. J'ai du mal à adopter un rythme lent et contrôlé – et le fait qu'elle remue sur mon sexe ne facilite pas les choses.

Elle enfonce ses doigts dans mes cheveux et glisse sa langue dans ma bouche à la rencontre de la mienne. Mon Dieu, je veux cette femme. Je la désire plus que j'aie désiré quoi que ce soit ou qui que ce soit depuis si longtemps…

Avec elle, j'ai l'impression de m'être enfin retrouvé.

CHAPITRE 20
TILLY

SON CORPS contre le mien est brûlant comme de la lave. Sentir la chaleur d'un homme m'a manqué, comme d'être tenue par des bras forts. Sa façon de m'embrasser avec passion et sans équivoque me coupe le souffle.

Je murmure contre ses lèvres en espérant ne pas le faire flipper avec ce que je m'apprête à dire :

— Angelo…

Il ouvre ses yeux bleu clair emplis d'un désir pur et total.

— C'est trop pour toi ?

Je secoue la tête, me reculant un peu pour voir son visage en entier et pas seulement ses yeux.

— Il faut que je te dise quelque chose.

Il étale la paume de sa main dans mon dos pour me maintenir près de lui comme si j'allais m'enfuir.

— Tu peux tout me dire.

— Voilà, dis-je en baissant les yeux sur sa poitrine, incapable de le regarder en face. Je n'ai jamais connu d'autre homme que Mitchell.

La chaleur de sa main disparaît et mon ventre se noue un

instant. Ce n'était peut-être pas le meilleur moment pour lui avouer un truc pareil.

— Tilly, dit-il en remontant mon visage vers le sien, les doigts sous mon menton. Ne t'inquiète pas. On peut juste s'embrasser.

Je suis à deux doigts de fondre en larmes devant la douceur de cet homme, mais je me contiens, déterminée à dépasser ma peur.

— Ce n'est pas ce que je veux.

Ses lèvres s'entrouvrent alors qu'il inspire lentement. Est-ce qu'il est pris de court par mes derniers mots ?

— J'ai envie de toi, Angelo. Je veux être avec toi. Je veux savoir ce que ça fait de sentir ta peau contre la mienne.

Il fait glisser sa main contre ma joue et passe ses doigts autour de mon cou.

— Tu en es sûre ? demande-t-il en me dévisageant de ses beaux yeux bleus.

Je passe une main entre mes jambes et la pose sur son sexe tout dur.

— Absolument.

Il ferme les yeux et prend une profonde inspiration.

— Je n'ai pas fait l'amour avec une femme depuis trois ans, Tilly. Il faut que j'y aille doucement.

Il me regarde avec une voracité que je ne lui avais pas vue auparavant. L'espace d'un instant, je suis sidérée ; mais je ne devrais pas. De ce que je sais d'Angelo, il ne fait rien de façon inconsidérée. Ça ne devrait pas me surprendre qu'il ait une telle approche du sexe.

Une main sur ma hanche, il m'attire vers lui pour m'embrasser et me prévient :

— Si tu veux arrêter, tu n'as qu'un mot à dire.

— Je ne veux pas arrêter. J'ai envie de toi.

J'ai à peine le temps de finir ma phrase que ses lèvres fondent sur les miennes. Je glisse mes doigts sous sa chemise et les passe sur le relief de ses abdos qui se tendent à mon contact. Cet homme est doux et dur à souhait.

— J'ai envie de toi, dit-il contre mes lèvres avant de se mettre debout en me soulevant.

J'enroule mes jambes autour de sa taille, me cramponnant à lui tandis qu'il marche vers le couloir en me tenant dans ses bras. Son baiser n'est pas frénétique, mais intense et passionné. Sa langue s'emmêle à la mienne dans une union avide.

Il me dépose sur le lit et couvre mon corps avec le sien en prenant soin de ne pas m'écraser sous sa musculature massive. Je ne sais pas si je me suis déjà sentie aussi petite comparée à un autre être humain qu'en cet instant où il me surplombe.

Son biceps se contracte près de mon visage tandis qu'il prend appui sur un bras pour enlever son t-shirt d'une main. Dans la faible lueur qui vient des lampadaires de la rue à travers la fenêtre, je peux distinguer chacun des muscles de son torse et de ses épaules comme s'ils avaient été sculptés dans la pierre.

J'écarquille les yeux. Cet homme est littéralement taillé comme un dieu romain, sans la moindre once de graisse. Je laisse échapper un : « Mon Dieu », le prononçant malgré moi à voix haute.

— Ça ne va pas ?

Mon plexus se resserre.

Merde. Pourquoi a-t-il fallu que j'ouvre la bouche ?

Je crochète mes chevilles derrière ses fesses pour qu'il ne s'éloigne pas.

— Non, ça va !

Je me redresse sur mes coudes pour admirer son corps incroyable.

— Continue.

Angelo se met à rire.

— Non, dit-il. Je veux te déshabiller lentement.

— Oh…

Passé le moment de panique, je défais ma prise de guerre derrière ses fesses.

— Lève-toi, me dit-il comme si je n'avais pas vraiment le choix, ce qui, d'une certaine façon, me convient.

Il quitte le lit en premier et je suis des yeux chaque ondulation des muscles de son buste. Je reste allongée, à demi redressée, à le mater comme si je n'avais jamais vu de poitrine nue de ma vie. J'en ai déjà vu pourtant, mais pas des comme ça.

Je ne bouge que quand il me tend finalement la main. C'est vrai, quoi… Qui peut bouger, et même réfléchir, devant la merveilleuse harmonie de tous ces muscles en mouvement ? Pas moi, en tout cas.

— Je suis désolée.

Mon visage est en feu quand je me retrouve debout, face à face avec ses pectoraux. J'ai bien envie de les toucher pour voir s'ils sont aussi fermes qu'ils en ont l'air.

— C'est juste que je n'ai jamais vu autant de muscles sur un seul homme.

Il sourit sans se mettre à rire. Mon Dieu. Je me sens complètement idiote. Si je devais faire le récit de ma vie sexuelle, j'aurais bien du fil à retordre pour ne pas paraître complètement niaise.

— Détends-toi.

Il penche la tête et vient effleurer mon cou avec ses lèvres. J'ai des frissons partout et mes yeux se révulsent. La dose de plaisir que cet homme peut donner avec un simple baiser est impressionnante. Je deviens comme de la pâte à modeler sous ses mains. Mon cou a toujours été mon point faible, je dois dire. Maintenant, il n'est plus question de faire marche arrière.

Quand il glisse ses doigts sous les fines bretelles du haut noir que je porte, ma respiration s'accélère et des papillons semblent s'envoler dans mon ventre. Aucun homme ne m'a vue nue depuis cinq ans. Certaines parties de mon corps ne sont plus comme avant et la gravité qui va avec l'âge a fait quelques dégâts.

Il sent ma peur et murmure, sa bouche contre ma peau :

— Tu es belle.

Quand la première bretelle glisse le long de mon bras, il retire sa bouche de mon cou. On se regarde dans les yeux pendant que le tissu dénude un de mes seins. Je m'attends à ce qu'il abaisse le regard, mais il n'en fait rien. De sa main, il va chercher l'autre bretelle et s'attarde sur mon épaule.

— Respire, Tilly.

Je reprends de l'air. Je n'avais même pas remarqué que je faisais de l'apnée.

— Je suis désolée.

Je déglutis, me focalisant sur ses yeux et rien d'autre pour m'aider à tenir ma peur à distance.

L'air froid passe sur mes seins quand la seconde bretelle tombe de mon épaule, me laissant torse nu. Sa main glisse dans mon dos, juste au-dessus de mes fesses, et il m'attire contre lui.

Je me laisse fondre dans la chaleur de son corps et la douceur de sa peau contre la mienne. Cette connexion avec un autre être humain que seule la nudité permet m'a manquée.

Sa bouche s'abat sur mes lèvres tandis que ses doigts descendent lentement dans mon dos jusqu'à la fermeture éclair de ma jupe. Je lui abandonne ma bouche, crevant d'envie de goûter encore à ses lèvres si douces.

J'ai une petite pensée pour Roger, bien contente d'avoir suivi son conseil et tout rasé. Je ne savais pas vraiment comment se déroulerait la soirée, mais au fond de moi, j'espérais sentir le corps d'Angelo contre le mien comme en cet instant.

Mon cœur palpite quand ma jupe se desserre et tombe à mes pieds. Je suis entièrement nue et me retrouve en dehors de ma zone de confort, car pour la première fois depuis des années, je ne porte pas de culotte.

Il attrape mes fesses pour presser mon corps contre le sien et, fatalement, contre son sexe. Mon cœur s'emballe. J'ai le souffle coupé d'en sentir la taille et la fermeté. Je ne sais plus vraiment ce que ça fait d'être pénétré, mais j'ai hâte qu'on me rafraîchisse la mémoire. Je croyais ne plus jamais faire l'amour et être vouée au célibat pour le restant de mes jours.

Dans la pénombre, je suis des doigts la ligne de son jean et ouvre sa braguette précipitamment, avant de tirer sur les côtés de sa ceinture jusqu'à dénuder son sexe.

Ses lèvres quittent les miennes et j'ouvre les yeux alors qu'il recule. On est tous les deux nus, il n'y a plus aucune barrière entre nous.

— Mon Dieu, Tilly, dit-il en laissant enfin son regard parcourir mon corps. Tu es parfaite.

Je le contemple dans son ensemble avant de venir m'attarder sur chaque partie de son corps. Larges épaules. Quantité de muscles ahurissante. Cuisses épaisses. Sexe énorme. Le corps de cet homme est fait pour être adulé.

— Tu as un corps de combattant, Angelo.

Son sexe tressaute, attirant mon regard à nouveau. Comme si je ne venais pas d'en remarquer la taille immense... Dire qu'il est impressionnant serait un euphémisme.

— Je serai doux, promet-il.

Je ne suis pas certaine de vouloir de la douceur après cinq années de totale abstinence.

Il fait un pas vers moi, réduisant l'espace entre nous, avant de m'attraper par la taille.

— Tu es à moi, Tilly. Je te protégerai toujours et ne te ferai jamais de mal.

En entendant ses mots, je suis envahie par un sentiment de paix qui ne ressemble à rien de ce que j'ai connu.

Je regarde dans les yeux cet homme dont je suis en train de tomber très amoureuse et murmure dans la douce ambiance de la nuit :

— Fais-moi l'amour.

Il me conduit jusqu'au lit et couvre mon corps à nouveau avec le sien avant de se glisser entre mes jambes.

— Tu trembles, dit-il en effleurant ma peau de ses lèvres, près de ma clavicule.

— Embrasse-moi.

J'attire son visage vers le mien et l'embrasse avec une

telle avidité que mes intentions ne font aucun doute, à ses yeux comme aux miens.

Il passe une main légère sur ma peau et effleure mon téton, envoyant des vagues de frissons dans tout mon corps. Je me cambre, folle de désir de sentir ses caresses et tout le plaisir que ses doigts peuvent me donner.

Ses lèvres quittent les miennes pour suivre le chemin qu'ont tracé ses mains. Quand sa langue touche le côté de mon téton, je ne peux pas m'empêcher de gémir. J'enfonce mes ongles dans ses épaules pour implorer sa bouche et tout le plaisir qu'il a à m'offrir.

J'entoure ses hanches avec mes jambes pour attacher nos corps ensemble et sentir son sexe contre le mien.

— J'ai envie de toi, dis-je à voix basse alors que mes doigts détaillent les muscles saillants de son dos. Je ne peux pas attendre plus longtemps.

Il redresse la tête et me regarde en surplombant mon corps.

— Ne précipite pas les choses, ma belle. Ne me presse pas et ne bouscule pas ton plaisir, me dit-il avant de plonger son visage vers mon autre sein.

CHAPITRE 21
ANGELO

QUAND JE POSE la bouche sur son sexe, elle se met à trembler de façon incontrôlable. Je grogne de satisfaction, ce qui exacerbe le plaisir qu'elle ressent visiblement.

— Oh mon Dieu ! Oh mon Dieu ! crie-t-elle quand je passe ma langue sur son clitoris, et elle s'agrippe à la couverture à ses côtés. Oui !

Elle est très expressive et ça me plaît beaucoup. Je n'ai pas affaire à une Tilly timide qui aurait peur de demander ce qu'elle veut ou serait trop pudique pour me guider vers ses points sensibles. Il n'y a jamais de supposition avec elle, même en matière de sexe.

Je souris près de son clitoris et suce sa peau si réactive un peu plus fort qu'avant. Elle se met à scander un langage inconnu en basculant ses hanches et en poussant son sexe vers mon visage.

— Je vais jouir, dit-elle en chantant presque les mots. Oh putain !

Ses mots me stimulent et m'amènent à lécher plus vite et

sucer plus fort, jusqu'à ce que son corps convulse sur les draps et qu'elle soit à bout de souffle. Je ne la quitte pas des yeux, contemplant son corps nu et sa poitrine qui se soulève.

Elle ne dit rien, essayant de retrouver son souffle, affalée sur le matelas. Je glisse entre ses jambes et viens aligner ma queue avec son sexe engageant. Ses genoux tombent de part et d'autre sur le lit, m'invitant en elle. Une main passée sous ses fesses, je guide lentement mon sexe en elle.

Ses yeux verts se révulsent et ses joues s'empourprent. Je fais des mouvements lents, entrant en elle petit à petit parce que je ne voudrais surtout pas qu'on précipite la fin avant que j'aie pu la rejoindre dans son plaisir.

Je ferme les yeux. Le délice que son sexe me procure me fait tourner la tête. Je me répète d'aller doucement. J'en ai envie, j'en ai besoin. Bientôt, ce sera le moment d'accélérer les choses, mais pas maintenant.

Je recule mes hanches avant de les pousser en avant avec un peu plus de force. Je suis sur le point de disjoncter mais je me reprends et garde le contrôle. Je me penche et prends son téton dans ma bouche, me régalant de sentir son sexe se contracter autour de ma queue.

Je remue en elle en tortillant mes hanches, me frottant contre son clitoris. Lentement, à un point qui frôle la torture, je recommence à aller et venir en elle. Je tiens ses fesses d'une main et me redresse sur l'autre pour regarder cette femme dont je tombe follement amoureux.

On ne se quitte pas des yeux alors que je vais et viens en elle encore et encore à un rythme lent et régulier. Elle m'entoure la taille avec ses jambes et verrouille ses chevilles derrière mes fesses.

— Plus profond, murmure-t-elle.

Je m'enfonce plus loin en elle, sachant que je ne pourrai pas tenir comme ça beaucoup plus longtemps. C'est impossible, avec son corps qui enserre mon sexe et tout le temps que j'ai passé sans connaître de sensations si spectaculaires.

Tilly accompagne mes mouvements en tremblant dans mes bras. À chaque allée et venue, son souffle se fait plus irrégulier. Tout mon corps s'enflamme alors que l'orgasme approche, incapable à retenir.

Je soulève ses fesses et change mon angle de pénétration puis, je pousse mon bas-ventre vers son clitoris. En quelques secondes, elle se met à crier en enfonçant ses ongles dans les muscles de mes bras, alors que l'orgasme se développe en nous.

Je pousse plus fort et bouge plus vite à la rencontre de notre jouissance. Je ferme les yeux et des couleurs explosent derrière mes paupières comme le bouquet final d'un quatorze juillet. À bout de souffle, le cœur emballé et le corps convulsé, j'éjacule en elle.

Ses jambes retombent et je m'effondre sur elle en respirant bruyamment.

— Mon Dieu… murmure-t-elle dans mes cheveux, avalant sa salive et cherchant à retrouver son souffle, tout comme moi.

Nos corps sont collés l'un à l'autre par notre transpiration.

— Je suis désolé.

— De quoi ? demande-t-elle en touchant mon visage.

— J'aurais voulu que ça dure plus longtemps.

Elle rit doucement.

— Ne sois pas bête. C'était parfait.

Elle soulève sa tête et m'embrasse, effaçant tous les doutes que je pouvais avoir. Roulant sur le côté, je l'attire et la prends dans mes bras.

— Angelo, chuchote-t-elle en levant les yeux vers moi.

— Oui ma belle ? dis-je en repoussant des cheveux de son visage.

— On n'a pas mis de préservatif, dit-elle en grimaçant.

— Merde, je suis désolé. Je me suis laissé emporter.

— J'ai oublié, moi aussi. Je n'avais plus eu à me soucier de protection depuis... dit-elle avant que sa voix se brise.

— Je suis clean, dis-je pour tenter de la tranquilliser.

— Risque de grossesse, me rappelle-t-elle en faisant courir ses doigts sur ma poitrine.

— Ça n'arrivera plus. Je te le promets.

On ne dit plus un mot, et les seuls bruits dans la pièce sont ceux de nos souffles rauques et des battements de nos cœurs.

———

Ça fait une heure que je n'ai pas bougé. Je regarde Tilly dormir et je me sens plus épanoui que toutes ces dernières années. Aucune culpabilité ne m'accable après ce qu'il s'est passé hier soir, je ne ressens que du bonheur, ce qui ne m'était plus arrivé depuis bien trop longtemps.

Les rayons du soleil plongent sur le lit depuis la fenêtre et coulent en cascade sur le corps nu de Tilly, la faisant ressembler à un ange. Elle bouge légèrement et le drap glisse en dénudant ses seins dans toute leur perfection.

Il n'y a rien que je n'aime pas chez elle. Elle est d'une

douceur à l'image de ses cupcakes, attentionnée, gentille et bienveillante. Elle adore les enfants et Tate a un penchant évident pour elle. Elle aurait plu à Marissa, si elles s'étaient rencontrées. Elles seraient sûrement devenues amies – et elles auraient probablement causé un peu de remue-ménage dans le quartier.

Tilly ouvre lentement les yeux.

— Bonjour, dit-elle en s'étirant. Tu es réveillé depuis longtemps ?

— Seulement depuis quelques minutes.

Je mens, parce que je ne veux pas avoir l'air d'un tordu qui l'aurait regardée dormir pendant trop longtemps.

— Je ne voulais pas te réveiller.

Elle tend son bras pour toucher le mien et me demande en me regardant, la tête toujours sur l'oreiller :

— Tu as bien dormi ?

— Je n'avais pas aussi bien dormi depuis des années.

— Moi non plus, répond-elle en luttant pour garder les yeux ouverts.

Je l'attire vers moi par les hanches et me faufile contre elle.

— Rendors-toi, dis-je à voix basse alors qu'elle se détend dans mes bras et enfouit son visage dans ma poitrine. On n'est pas pressés.

Je pourrais passer la journée allongé comme ça, nos corps emmêlés, blottis l'un contre l'autre pour se tenir chaud. Il n'y a rien de mieux, à part lui faire l'amour, que de la tenir contre moi, tout simplement.

Elle lève vers moi ses yeux verts qui brillent sur son visage à la peau claire entouré de ses cheveux auburn.

— À quelle heure rentrent les enfants ?

D'un revers de main, je repousse ses cheveux de son visage.

— Pas avant un bon moment.

— Je veux juste éviter d'avoir à m'enfuir en courant.

— Il n'y a pas d'urgence. Lucio ne les ramènera pas avant cet après-midi.

Elle se love contre moi et passe une jambe par-dessus les miennes.

— Mon Dieu… Je pourrais rester comme ça pour toujours.

Je la serre dans mes bras en respirant l'agréable parfum de son shampoing.

— On n'a pas besoin de bouger de la journée.

— Angelo…

Je sais qu'elle va dire quelque chose d'important.

— Je n'aurais jamais cru pouvoir ressentir ça à nouveau.

— Moi non plus, Tilly.

— Je me sens heureuse pour la première fois depuis ce qui me semble une éternité.

— Je sais, moi aussi j'avais presque oublié ce que ça faisait de se sentir bien.

Je peux l'admettre en sachant qu'elle comprendra parfaitement ce que je veux dire sans s'en offenser.

Personne d'autre ne pourrait saisir la profondeur du désespoir qu'entraîne la perte d'un époux ou d'une épouse. La chaise vide pendant les repas, la place froide dans le lit et toutes ces choses qui ont déterminé notre quotidien. Ce n'est qu'une fois que la personne aimée disparaît pour de bon que l'on comprend la réalité de la mort et ce que veut vraiment dire être totalement seul.

— Est-ce qu'on va trop vite ?

Je pose les doigts sous son menton pour m'assurer qu'elle me regarde quand je réponds :

— On a attendu des années avant de se trouver. On est les deux moitiés d'une même âme. Je pense qu'on était faits pour se rencontrer, après avoir connu la même souffrance, pour pouvoir se comprendre. On n'a rien précipité.

— J'ai l'impression de te connaître depuis toujours, dit-elle en faisant glisser sa main sur mon bras pour venir agripper mon biceps. Les gens vont penser qu'on est fous.

— Ils peuvent penser ce qu'ils veulent. Ça t'a pris combien de rendez-vous pour tomber amoureuse de Mitchell ?

J'ai rencontré Marissa au lycée, quand ses parents ont emménagé dans le quartier en venant d'un autre État. Dès que je l'ai vue, j'ai su que c'était elle. C'était la femme qu'il me fallait, sans le moindre doute. Les gens ont cru que j'étais fou, mais je l'ai aimée plus que tout au monde.

— Je l'ai aimé tout de suite, dit-elle dans un souffle.

Je prends son visage dans mes mains. J'ai tellement envie de l'embrasser, ça me serre la poitrine.

— On a traversé plus d'épreuves que la plupart des gens qui ont deux fois notre âge. On connaît la valeur précieuse du temps et la fragilité de la vie. Il n'y a pas à être raisonnable et il n'y a rien à planifier en matière de cœur.

Elle fait glisser sa main sur mon bras et la pose sur la mienne.

— Je ne sais pas ce que j'ai fait pour te mériter, Angelo, mais je me sens très reconnaissante de t'avoir rencontré.

— Ma belle, je me dis la même chose pour toi. Il faut qu'on arrête de réfléchir et qu'on se contente de ressentir.

Je me penche pour l'embrasser. J'en ai assez de parler et

de remettre en question la vitesse d'évolution de notre relation. Il n'y a pas à contrôler un rythme ni à se tordre la tête
quand tout colle à ce point entre deux personnes.

Quand l'amour nous tombe dessus, il n'y a rien qu'on
puisse faire pour l'arrêter.

CHAPITRE 22
TILLY

— TU DOIS LA PRENDRE, me dit Daphné.

Je me tiens devant le miroir de la cabine d'essayage dans la robe la plus extravagante que j'aie jamais portée. Je jette un coup d'œil au prix sur l'étiquette et fais presque une crise cardiaque.

— Elle coûte six cents dollars !

Elle me fait lâcher l'étiquette d'une tape sur la main et me fait pivoter face à la glace en me tenant par les hanches.

— C'est Leo qui paie, me dit-elle comme si l'argent n'était pas la question. Tes seins sont magnifiques, là-dedans. Angelo va devenir fou.

Je regarde mon reflet. La soie moule merveilleusement mon corps et elle a raison… Mes seins sont mis en valeur.

— Je ne peux pas laisser Leo payer. Ce n'est pas normal. Je ne veux pas prendre votre argent.

Elle s'approche et me souffle à l'oreille :

— J'ai de l'argent de côté.

Elle me regarde dans le miroir avec intensité avant d'ajouter :

— Il est comme ça. Laisse-le payer, ça lui fera plaisir.

— Ça lui fera plaisir ? dis-je en clignant des yeux, confuse.

Elle acquiesce.

— Il veut qu'on s'amuse et qu'on se détende. L'argent n'est pas un problème pour lui. Si tu ne quittes pas ce magasin avec cette robe, je la ferai livrer à ta boutique.

— Daphné, je ne peux vraiment pas accepter.

— Oh mon Dieu, regarde-toi ! dit Delilah en sortant de sa cabine d'essayage vêtue d'un pantalon en cuir et d'un caraco à paillettes qui recouvre difficilement son ventre. Wahou, la fille !

Elles me fixent dans le miroir tandis que je tortille mes mains devant moi.

— Hein que oui ? dit Daphné en venant se poster à mes côtés avant de pointer ma poitrine du doigt. Delilah, tu te souviens quand tes seins étaient si hauts ?

Delilah se rapproche, une paire de bottes en cuir or et noir aux pieds.

— Putain… C'était il y a des années. Lulu a brisé mes seins.

Je ris nerveusement en les voyant regarder ma poitrine comme la dernière merveille du monde. C'est un peu gênant, mais je sais qu'elles sont bien intentionnées.

— Tu verras, Tilly, me dit Daphné en me donnant une claque sur le cul, me faisant pousser un cri. Angelo te mettra en cloque en un rien de temps.

Je me fige, bouche bée, puis marmonne :

— Hum, ne mets pas la charrue avant les bœufs…

— Chez les Gallo, les hommes n'ont quasiment qu'à regarder une femme pour qu'elle tombe enceinte. Tu ferais bien de te méfier, dit Delilah en riant. Regarde-moi, ajoute-t-elle en montrant son ventre. Je n'avais pas du tout prévu ça.

Elle est incontestablement la femme enceinte la plus jolie que j'aie jamais vue. Avec la chance que j'ai, si j'étais à sa place, mes chevilles gonfleraient jusqu'à ce qu'il me soit impossible de porter des talons.

— Bon Dieu, dit Betty en entrant dans le hall d'essayage avec pas moins de dix articles sur les bras. Regardez-vous, les filles… Il va y avoir des heureux, ce soir.

— Ma, est-ce que l'un d'entre nous était programmé ? demande Daphné en croisant les bras et en jetant un coup d'œil dans ma direction.

— Oh, Ciel, non ! répond Betty en riant. Je ne comptais pas avoir d'enfant avant trente ans, mais rien n'aurait pu arrêter Santino.

— Tu vois… ? me dit Daphné avec le sourire en coin de celle qui vient clairement de marquer un point. Je te l'avais dit.

Betty, qui se tient derrière nous, demande en plissant les yeux :

— De quoi est-ce que vous parlez, mesdames ?

— Je lui disais d'être prudente parce qu'elle pourrait vite se retrouver en cloque.

Betty triture maladroitement sa croix autour de son cou.

— Essayons de ne pas effrayer Tilly, les filles. Un peu de tenue.

— Je ne suis pas effrayée, dis-je en me redressant pour paraître plus grande. Je ne pense pas qu'on en soit là, c'est tout. On cherche encore nos marques.

— C'est aussi ce que je faisais, dit Delilah en riant.

— Et moi aussi, ajoute Daphné.

— Tout ira bien, ma chérie, me dit Betty en posant une main sur mon épaule. Mais si tu portes cette robe devant Angelo, c'est couru d'avance, dit-elle en haussant un sourcil. Il ne te mangera pas que des yeux.

— C'est trop cher, dis-je en rechignant.

— Oh, arrête, dit Daphné en secouant la tête. Leo ne regardera même pas le ticket de caisse.

Je me demande ce que ça peut faire d'être riche au point que six cents dollars soient aussi insignifiants que le prix d'un café. Je ne peux même pas l'imaginer, après avoir grappillé jusqu'à la moindre pièce pour être en mesure d'ouvrir la pâtisserie.

— Si ça peut soulager ta conscience, prends la robe et rien d'autre, me dit Delilah tout en se penchant pour caresser le cuir de ses bottes.

— Elle irait très bien avec mes chaussures à talons rouges.

— Elle irait très bien avec n'importe quoi, mon cœur, dit Betty avant de disparaître dans une cabine. Prends-là.

— Tu l'as entendue, me dit Daphné en désignant sa mère d'un signe de tête. Elle te va tellement bien.

On dirait qu'elles me forcent la main pour acheter cette robe et, même si je sais que c'est un article hors de prix, j'ai envie de céder.

— D'accord, mais seulement si je peux vous rembourser.

— Bien sûr. Tu pourras rembourser Leo.

— J'aimerais bien voir ça ! dit Delilah en riant.

— Si tu comptes lui rembourser la robe, tu ferais bien de prendre aussi d'autres articles, sans quoi il se sentirait floué, lance Betty de l'autre côté de la porte.

— Que dirais-tu d'un peu de lingerie sexy ? demande

Delilah en faisant onduler ses sourcils quand je m'éloigne du miroir.

— Peut-être, dis-je en passant mes mains sur le devant de la robe pour en apprécier le tissu si doux.

— Quelque chose en dentelle, dit Daphné en hochant la tête et en reculant d'un pas pour me regarder de haut en bas. Tu as un porte-jarretelles ?

— Bien sûr, dis-je en riant nerveusement.

Bien sûr que non, je n'en ai pas. Qui met des porte-jarretelles de nos jours et à nos âges ? Certainement pas une veuve qui jusqu'à maintenant fuyait le sexe comme la peste.

— On va te trouver quelque chose de branché, dit Delilah en tirant sur la ceinture de son pantalon. Ce que c'est serré… C'est censé être un pantalon de grossesse, bordel !

Daphné fixe le ventre de Delilah et le montre du doigt.

— Peut-être que tu devrais arrêter les gâteaux.

— Tu ferais bien de la fermer, lâche Delilah en essayant de rentrer son ventre jusqu'à presque tourner de l'œil. Lucio me gave comme si j'étais une oie.

Je m'excuse discrètement pour aller remettre mes habits normaux qui, sans être des fripes pour autant, n'ont pas coûté le dixième de la robe que Daphné veut m'acheter.

— Je vous retrouve dehors ! dis-je en sortant de la cabine pour me retrouver nez à nez avec Daphné.

— On a de la dentelle à acheter. On vous retrouve à la caisse.

— Ça me va, dit Delilah avant de se mettre à grogner. Si j'arrive un jour à enlever ces trucs…

— Le cuir est une saloperie, ma fille, lui lance Betty depuis l'autre cabine.

— Viens, dit Daphné en me prenant par la main. Il nous faut juste quelques articles.

Une heure plus tard et un sac de fringues plein à craquer dans chaque main, je sors enfin de la galerie commerciale et monte dans la voiture. Je suis épuisée. Je n'avais pas passé autant de temps à faire du shopping depuis l'université.

— Qui veut aller boire un coup ? demande Betty en se regardant dans le miroir du pare-soleil pour retoucher son rouge à lèvres.

— Est-ce qu'on peut rentrer au bar pour boire un coup ? demande Daphné en fouillant dans son sac à main.

— J'aimerais tant boire un petit coup, ronchonne Delilah.

— J'aimerais bien avoir d'autres petits-enfants, dit Betty à Daphné. Tu devrais réessayer de tomber enceinte, un de ces quatre.

— Je n'ai pas eu besoin d'essayer, pour le dernier, dit Daphné avant de me désigner d'un mouvement de tête. Vois avec elle, pour un autre enfant.

J'ai un mouvement de recul.

— Moi ?

— C'est toi la nouvelle, explique Delilah.

J'en ai la mâchoire qui tombe.

— On prend notre temps, dis-je même si je suis presque sûre que tout le monde dans cette voiture sait ce qu'il s'est passé la nuit dernière.

— Tu penses t'en convaincre ? me demande Daphné en me jetant un coup d'œil dans le rétroviseur.

— Tilly… dit Betty pour attirer mon attention. Mon fils n'aime pas facilement, mais il aime profondément.

Je mords ma lèvre pour ne pas rire.

— Vous pouvez prendre tout le temps que vous voulez

mais, si tu l'aimes, n'attends pas une éternité pour me donner un bébé.

Ça fait si longtemps que je n'ai plus pensé à avoir des enfants. Après la mort de Mitchell, je croyais ne jamais en avoir. Je me voyais finir stérile comme une veuve esseulée à perpétuité. Mais à entendre les filles parler, je vais troquer mes talons aiguilles contre un gros ventre d'ici peu.

— J'adore cette chanson, dit Daphné avant de monter le son du poste au point que personne ne puisse plus parler.

Le bruit me soulage, parce que j'aime autant ne pas parler de ma vie sexuelle à l'heure qu'il est. Elles n'ont aucun tabou entre elles mais, même si elles se sont appliquées à m'intégrer, je suis encore une étrangère.

On ne tarde pas à arriver devant le bar et je m'excuse un instant. J'ai besoin de me retrouver seule un moment, et puis je veux déposer mes achats à la boutique pour plus tard. J'envoie un rapide texto à Roger pour lui dire que j'ai survécu au shopping de folie, mais seulement de justesse.

Roger : Qu'est-ce qui ne va pas ?

Moi : Rien.

Roger : Tilly...

Moi : Tu penses qu'on va trop vite ?

Je tapote le côté de mon téléphone en attendant sa réponse, debout près de la porte. Ces cinq dernières années, Roger m'a aidée à garder les pieds sur Terre et à ne pas devenir folle. Si je déconne, il me le dira.

Roger : Absolument pas. Il n'y a pas d'emploi du temps à suivre, pour ces trucs-là. Permets-toi d'être heureuse, c'est tout.

Est-ce que je me suis volontairement privée de bonheur toutes ces années ? C'est ce que j'entends dans ce message.

C'est possible… en pensant que je trahirais Mitchell et les vœux qu'on s'était faits. Mais avec Angelo, je ne me sens ni pétrifiée ni hésitante.

Moi : Est-ce qu'il est ma deuxième chance ?

Roger : Tu te poses trop de questions, Til. Peu de personnes me plaisent, mais Angelo est fiable. Il est exactement celui qu'il te faut.

Je lis son message et suis du même avis, alors je ne sais pas pourquoi j'ai ces doutes. Peut-être que je crois devoir rester malheureuse, punie pour des raisons cosmiques inconnues. Sinon, pourquoi Dieu m'aurait-il enlevé mon mari ? Je pense que c'est une question que se posent toutes les personnes qui se retrouvent seules, mais il n'y a pas de réponse.

Moi : Je crois que je suis en train de tomber amoureuse de lui.

Roger : Alors laisse faire.

Ces trois mots si simples m'enlèvent un énorme poids des épaules. La bénédiction de Roger est primordiale pour moi. Il a été le seul à être là pour moi. Il m'a tenu la main quand j'avais besoin de lui. Il a séché mes larmes quand j'étais inconsolable. Il a veillé à ce que je reste en vie quand tout ce que je voulais, c'était me laisser dépérir jusqu'à ce que mort s'ensuive.

Je fourre mon téléphone dans la poche de mon manteau et ferme la boutique, prête à affronter les filles et Angelo.

Je m'approche du bar en regardant par les fenêtres à la recherche des filles, quand un couple dans les bras l'un de l'autre attire mon attention.

Choquée de ce que je vois, je fais quelques pas en arrière.

J'en ai froid dans le dos et le ventre tout retourné.

Angelo tient une autre femme dans ses bras. Il ne la tient pas dans ses bras innocemment, il l'enlace. Il chuchote à son oreille et elle sourit en serrant ses bras plus fort autour de lui.

Ils sont intimes, ça crève les yeux.

Je reste plantée là, dehors, à regarder par la fenêtre, incapable de bouger. Tout s'effondre autour de moi pour la deuxième fois de ma vie.

Quand il recule la tête et l'embrasse sur la joue en s'attardant un peu trop longtemps pour que ce soit anodin, je cesse de respirer. Mais quand elle touche son visage en le regardant dans les yeux comme si elle l'avait aimé toute sa vie, je sais que je me suis fait avoir.

— Putain, dis-je dans un souffle, me sentant complètement idiote.

J'ai cru être *unique*, mais mes espoirs s'éteignent et je sombre à nouveau.

CHAPITRE 23
ANGELO

— JE SUIS TELLEMENT heureuse pour toi, me dit Michelle en levant les yeux vers moi.

Elle entoure ses bras autour de ma taille et soupire.

— Merci, Michelle. Je n'aurais jamais cru pouvoir ressentir ça à nouveau.

Je surprends la tristesse qu'elle essaie de cacher.

— Je savais que ça ne marcherait pas entre nous, dit-elle. Pourtant, je t'aime. Depuis toujours et pour toujours.

— Je t'aime aussi, Michelle.

Comment pourrais-je ne pas l'aimer ? Elle fait partie de ma vie depuis que je suis tout petit. Pourtant, même s'il y avait une étincelle entre nous, je n'éprouvais pas le besoin profond d'être avec elle. Il n'y a pas d'explication à ça ; peut-être qu'on se connaissait depuis trop longtemps.

— Moi aussi, j'ai rencontré quelqu'un, dit-elle en agrippant ma taille. C'est le grand ponte d'un réseau de câblage.

— Il te traite bien ?

Elle hoche la tête.

— Jusqu'à présent, oui.

— Sinon, je prends un avion pour LA et je lui pète la gueule.

Elle me donne une tape sur le bras.

— Arrête… Tu sais bien que je suis capable de lui botter le cul moi-même, dit-elle en riant.

— Ça, c'est sûr !

Michelle et Daphné pourraient mettre n'importe quel homme à terre. On a fait en sorte qu'il en soit ainsi, Lucio et moi. On leur a appris à se battre méchamment pour qu'elles puissent se défendre en cas de pépin dans la rue. C'était notre devoir de frères envers Daphné et vu que Michelle n'avait personne pour lui transmettre ces compétences, on l'a prise sous notre aile aussi.

— Je ferais mieux d'y aller. Je veux discuter avec Daphné avant de prendre l'avion. Je repars demain ; je suis seulement venue récupérer quelques trucs que j'avais laissés la dernière fois en partant à la dernière minute.

Je me penche pour l'embrasser sur la joue. Une fois de plus, je dis au revoir à une femme dans ma vie.

— Ne nous oublie pas, miss. Tu feras toujours partie de la famille.

— J'espère que tu vas trouver la paix, Angelo, murmure-t-elle à mon oreille avant de me rendre mon baiser.

— Je l'ai trouvée, dis-je en la relâchant.

On rejoint ma mère, Daphné et Delilah qui sont assises sur des banquettes, mais Tilly n'est pas là.

— Où est Tilly ?

Elles se regardent avant de se tourner vers moi.

— Elle a dit qu'elle en avait pour une minute, mais ça fait déjà un moment, répond ma mère en haussant les épaules. Je suis sûre qu'elle ne va pas tarder.

Daphné tapote le cuir de la banquette à côté d'elle à l'attention de Michelle.

— Assieds-toi.

Je regarde par la fenêtre mais la rue est déserte. Mon ventre se tord comme si quelque chose n'allait pas.

— Je vais voir si tout va bien.

— Mon Dieu, j'espère qu'on ne l'a pas effrayée, dit Delilah quand je m'éloigne.

Alerté par ce que j'entends, je reviens sur mes pas. Je sais parfaitement comment ces trois femmes peuvent se comporter. Je plisse les yeux et demande à Ma :

— Que s'est-il passé ?

Elle me regarde avec de grands yeux par-dessus sa chope de bière en buvant lentement une gorgée. Je croise les bras et attends. J'ai besoin de réponses et je n'irai nulle part avant d'en avoir eu.

— Rien, dit-elle en détournant les yeux.

Je hausse un sourcil.

— Rien ?

— Les filles lui ont juste parlé de la virilité des hommes Gallo.

Je siffle « putain » entre mes dents, redoutant qu'elle ait été choquée par cette journée de shopping et les commérages des Gallo.

— Oh, allez ! dit Daphné en levant les yeux au ciel. Elle a rigolé. On ne l'a pas traumatisée. Elle doit juste avoir des trucs à faire, on l'a quand même monopolisée toute la journée.

Je jette un autre coup d'œil vers la porte.

— Je reviens. Que le Ciel me vienne en aide…

Quand je pousse la porte pour sortir, j'entends Daphné dire :

— Quel éternel angoissé !

J'essaie d'ouvrir la porte de la pâtisserie mais elle est verrouillée et les lumières sont éteintes.

— Merde, dis-je en grognant avant de regarder le ciel puis de fermer les yeux.

Je reviens dans le bar comme une tornade et fonce vers le bureau pour attraper mes clés en ignorant ma mère qui m'interpelle. Je n'ai aucun message de Tilly ; je lui en envoie un en marchant vers ma place de parking.

Moi : Où es-tu ?

Je fixe mon téléphone tout en me dirigeant vers ma voiture en espérant qu'elle réponde, en vain. Le message ne s'affiche même pas comme *lu*. C'est le silence radio, et sa voiture n'est pas là.

— Angelo ! appelle Daphné depuis le pas de porte quand j'entre dans ma voiture. Où vas-tu ?

— Elle est partie.

Je claque ma portière sans autre explication.

Ma main tremble quand je tourne la clé dans le contact. Je pose mon téléphone sur mes genoux et m'engage dans la rue, en direction de chez elle. Pour aggraver la situation, il y a des embouteillages et un accident sur Western Avenue.

Une demi-heure plus tard, je me gare devant son immeuble. Avant que j'aie pu mettre un pied dehors, Roger passe la porte d'entrée de l'immeuble et la referme derrière lui.

— Où est-elle ? dis-je en me dirigeant vers lui.

Il croise les bras et retrousse le nez.

— Elle ne veut pas te voir.

Je plisse les yeux.

— Je ne comprends pas.

Roger hausse un sourcil et reste immobile.

— Je devrais vraiment te mettre une branlée.

Je fais un mouvement de recul avec la tête, complètement abasourdi.

— Pourquoi ?

— Pour lui avoir fait du mal.

Il campe fermement sur ses deux jambes et bombe le torse.

Mon cœur s'emballe. Je passe ma main dans mes cheveux, confus ; je ne comprends pas ce qu'il se passe.

— En faisant quoi ?

Je fais un pas en avant mais il brandit sa main pour m'empêcher d'avancer. Il montre la rue d'un mouvement de tête.

— Va-t'en.

J'ai un mouvement d'impatience. Il n'y a aucune chance que je parte d'ici sans avoir compris ce que j'ai fait de mal.

— Je n'irai nulle part. Pas tant que tu ne m'auras pas expliqué ce que c'est que ce bordel.

— Tu sais ce que tu as fait.

Ce type est une putain d'énigme. Je n'ai rien fait du tout, bordel. J'ai bossé toute la journée et puis les filles sont rentrées. Il ne s'est rien passé d'autre.

— Mec, allez… Aide-moi un peu. Je suis complètement perdu. Laisse-moi juste parler à Tilly.

Il secoue la tête.

— Je croyais que tu étais un type bien. Je ne t'aurais jamais laissé l'approcher si j'avais su que tu étais un tel connard et un coureur de jupons.

Un coureur de jupons ? Je fronce les sourcils.

— Je ne suis pas un coureur de jupons, je ne l'ai jamais été.

La seule personne que je fréquente et dont je suis fou amoureux est Tilly. Il n'y a aucune autre femme dans ma vie. Roger grogne.

— Tilly !

J'avance et Roger me donne un coup en pleine poitrine. Je baisse les yeux là où nos corps se touchent en serrant mes poings près de mes cuisses.

— Je vais rester gentil parce que tu es son meilleur ami, mec, mais ne te fais pas d'illusions… Tu ne m'empêcheras pas de la voir.

— Pourquoi est-ce que tu n'irais pas tracasser l'autre femme que tu fréquentes ?

J'écarquille les yeux et chancelle en arrière. *L'autre femme ?* Michelle. *Merde.* J'ai mal au ventre et j'ai des palpitations. Je porte mes mains à ma poitrine, j'ai l'impression qu'on m'a donné un coup dans le bide.

— Je ne fréquente personne d'autre, Roger. Seulement Tilly. Si tu fais allusion à Michelle, elle est une amie de la famille, rien d'autre.

Il me sourit avec mépris.

— Tilly t'a vu l'embrasser.

Mon corps se tend.

— Sur la joue, putain ! Mec, je la connais depuis l'école primaire et elle déménage dans un autre État, dis-je avant de fermer les yeux une seconde pour tenter de maîtriser ma colère. Je lui disais au revoir.

Il secoue la tête.

— Ce n'est pas comme ça que Tilly l'a compris.

— Laisse-moi lui expliquer, dis-je en montrant la porte, sans bouger pour autant.

— Non. Je pense qu'il vaut mieux que tu partes.

Je regarde par terre. Je ne peux pas m'en aller comme ça. Je ne fonctionne pas comme ça et je ne vais pas laisser Tilly avec des interprétations qui finiront par tout pourrir irréversiblement.

— Je ne partirai pas.

— Alors on a un problème, dit-il en retroussant sa lèvre.

— Roger, dis-je en le regardant droit dans les yeux. J'aime Tilly.

— Hum, marmonne-t-il en haussant un sourcil.

Je relève mes manches, résolu à la voir, même si ça implique de vider mon sac devant un parfait inconnu. Personne n'est plus important dans la vie de Tilly que Roger, et s'il doit être le premier à entendre ma déclaration, soit.

— Je ne le dis pas à la légère. Je l'aime. Pas comme une simple amie, mais tellement plus que ça. Je n'ai ressenti ça pour personne d'autre depuis la mort de Marissa. Je sais que c'est fou…

Je me frotte la nuque. J'aurais préféré dire ces mots-là à Tilly plutôt qu'à son beau-frère.

— Je sais que c'est rapide et que ça n'aura pas beaucoup de sens à tes yeux, mais Tilly et moi étions prédestinés à nous rencontrer. C'était écrit. C'est le destin. Elle m'a totalement conquis. Je suis fou amoureux d'elle, Roger. Et je ne suis pas du genre à dire ça à tout-va. J'aime Tilly !

Je dis les derniers mots en criant, espérant désespérément qu'elle m'entende.

Il se retourne et jette un coup d'œil vers son appartement.

— Elle ne peut pas t'entendre, dit-il avant de passer sa main sur son visage en râlant. Quel putain de bordel…

— Je t'en supplie, je dois lui parler.

— Écoute, dit-il en donnant des coups de pied dans de petits cailloux, se relâchant enfin. Elle est fragile.

— Je sais, dis-je dans un murmure, parce que je comprends à tel point ce qu'elle ressent que c'en est insensé.

— Je connais Tilly depuis dix ans, et le seul autre homme dont elle ait jamais été dingue comme ça était mon frère, dit-il en secouant la tête lentement sans me quitter des yeux. Si je te laisse entrer, tu dois me promettre de l'aimer profondément, de lui être loyal et de toujours la protéger.

— Je te le jure. Je ne pourrai jamais lui faire de mal.

Au contraire, je voudrais mettre à terre tout homme qui la ferait pleurer.

Tu es ce connard-là en ce moment même, Angelo. Je grimace, sachant à quel point j'ai merdé.

— Si tu te joues d'elle ou si tu me mens, tu auras affaire à moi.

Je hoche la tête rapidement.

— Rien de plus normal.

Il regarde au loin et soupire.

— Elle va m'en vouloir à mort, pour ça.

— Elle ne t'en voudra pas. Je dois lui parler pour qu'elle comprenne que ce qu'elle a vu n'était rien du tout.

Il se frotte la nuque et fait un pas de côté.

— Arrange les choses. Dis-lui ce que tu ressens, elle a besoin de l'entendre.

Je pose ma main sur la poignée de la porte d'entrée et me retourne pour lui faire face.

— Je vais le faire. Je te le promets.

Il pointe l'immeuble du menton.

— Va la voir. Elle est dans sa chambre.

Je monte les marches quatre à quatre en retenant mon souffle jusqu'à ce que je sois dans son appartement. Avant de pousser la porte de sa chambre, je m'arrête et jette un coup d'œil à l'intérieur. Elle est enroulée dans les draps et pleure, couchée en travers du lit.

Le cœur brisé, j'ouvre la porte.

— Roger ? demande-t-elle sans se retourner.

J'entre dans la chambre et referme la porte derrière moi, prêt à tout arranger.

CHAPITRE 24
TILLY

J'ENFOUIS mon visage dans le creux de mon bras et ferme les yeux.

— Va-t'en.

Son pas est lourd sur le parquet mais je ne prends pas la peine de regarder. Il m'a suffisamment détruite pour aujourd'-hui. Où Roger avait-il la tête pour laisser Angelo monter ? Il m'avait promis qu'il ferait tout pour qu'il parte.

Le lit s'affaisse à côté de moi.

— Tilly, dit Angelo d'une voix douce et agréable, mais je ne marche pas. Regarde-moi, ma chérie.

— Ne m'appelle pas ma chérie.

Je fourre mon visage dans la couette, refusant de verser une larme de plus. J'ai trop de colère en moi pour être triste. Je le giflerais volontiers, si seulement je pouvais le regarder sans fondre en larmes.

— Je sais ce que tu as vu, mais ce n'est pas ce que tu crois.

— Je crois que tu dorlotais quelqu'un qui n'était pas juste une amie.

Ma voix est étouffée par la couverture.

— C'est Michelle. La meilleure amie de Daphné depuis l'école primaire. Elle travaillait au bar avec nous. Il y a quelques semaines, elle a déménagé en Californie et aujourd'hui elle est passée nous voir vite fait.

Ben voyons, les voir vite fait et poser ses mains un peu partout sur mon mec. Pas seulement ses mains, mais ses lèvres aussi. Un câlin amical et un câlin intime sont deux choses bien différentes.

— Elle est plus qu'une amie, Angelo. Je ne suis pas aveugle. Tu as couché avec elle ?

— Jamais, répond-il rapidement.

— Tu l'as embrassée ?

— Non.

— Touchée d'une façon dont je ne toucherais pas Roger ?

Il marque une pause, confirmant mon point de vue.

— Donc elle est plus qu'une amie.

J'avale difficilement ma salive et prends une profonde inspiration pour tenter de rester calme.

— Je n'ai jamais aimé Michelle.

— Quel est le rapport ?

Les yeux d'Angelo expriment tellement ses émotions que je voudrais le regarder, mais je n'y arrive pas. Je me sens stupide. J'ai toujours la tête dans la couette et mes yeux sont bouffis, gonflés par les pleurs. Je suis une épave incarnée.

— J'ai fait l'amour avec *toi*. J'ai dit qu'on était ensemble, *toi et moi*. Ce n'est pas le genre de choses que je fais avec des amies. C'est *toi* que j'aime, Tilly.

La douleur dans ma poitrine s'atténue.

— Dis-le-moi encore.

L'entendre me dire ces mots-là est essentiel pour moi.

— Ma douce… me dit-il en posant sa main si légèrement dans mon dos que je la sens à peine. Regarde-moi.

— Je ne peux pas, dis-je en reniflant. Je suis affreuse.

Il passe une main sous mon ventre et me redresse. Je baisse les yeux, parce que je sais que mon visage n'est pas beau à voir, mais il m'oblige à le regarder en relevant mon menton.

— Je t'aime, Tilly, répète-t-il avec le regard le plus doux qui soit.

Ma vue se trouble à nouveau et mon ventre se noue. Ma lèvre tremble quand je réponds dans un murmure :

— Je t'aime aussi, Angelo.

Je n'aurais jamais cru dire ces mots-là à nouveau, ni ressentir ces sentiments pour quiconque en dehors de Mitchell. C'est inexplicable et totalement indéniable, même si c'est un peu insensé.

Il fait glisser sa main sur ma joue et des frissons parcourent ma colonne vertébrale. Je me laisse fondre dans sa caresse pendant qu'il me dit, en tenant mon visage à deux mains :

— Il n'y a personne d'autre pour moi dans ce monde que toi. Pardon de t'avoir fait mal. Pardon de t'avoir fait de la peine. Pardon pour ces larmes sur ton joli visage, ajoute-t-il en essuyant ma joue avec son pouce. Je ne veux jamais te rendre triste.

Je cligne des yeux, laissant couler mes larmes.

— Je suis désolée de m'être précipitée dans ces interprétations. Mais ça m'a fait si mal, dis-je en attrapant la main qu'il avait posée sur mon genou. Je t'aime, Angelo.

Il se penche vers moi et je ferme les yeux, attendant que ses lèvres touchent les miennes.

— À l'avenir, promets-moi de me parler avant de t'enfuir.

J'ouvre les yeux et fouille les siens du regard.

— Est-ce qu'il y a d'autres femmes dans ton passé ?

— Il n'y a que toi, et tu es mon avenir, répond-il avant de m'embrasser à m'en couper le souffle et de conquérir mon cœur tout entier.

Je monte sur ses genoux et il m'entoure de ses bras pour me serrer contre lui. Il y a quelque chose dans sa façon de me tenir qui m'apporte un sentiment nouveau de sécurité.

Il y a de la force dans son baiser et du réconfort dans ses caresses, de quoi devenir complètement accro.

Je baisse un bras et pose ma paume sur son sexe dur.

— J'ai envie de toi.

Il ouvre de grands yeux.

— Maintenant ?

J'acquiesce lentement et commence à remuer contre son jean, comme s'il était en moi.

— On peut aussi juste faire comme ça, dis-je en l'allumant un max, sachant très bien que j'arriverai à mes fins.

Il me soulève dans les airs et me pose sur mes pieds. Debout devant moi, il défait sa braguette et fait un signe de tête vers moi.

— Déshabille-toi, me dit-il. Maintenant.

Je baisse ma jupe. Je crève d'envie de grimper sur lui et de le chevaucher. Je le regarde, à la fois émerveillée et stupéfaite, faire glisser à terre son pantalon, dénudant sa queue dans toute sa splendeur.

Dès que j'ai enlevé mes vêtements et qu'il est suffisamment nu pour me baiser, je lui saute dessus de tout mon poids pour le plaquer sur le lit.

— Je ne vais pas être douce et je ne vais pas y aller par

quatre chemins, lui dis-je en faisant glisser mon sexe lanci-
nant contre le sien.

— Préservatif, murmure-t-il.

Je pose un doigt sur ses lèvres. J'ai besoin de sentir sa
peau nue sur la mienne.

— Je suis clean, dis-je pour lui rendre son argument de
l'autre nuit.

Toutes les années que j'ai passées avec Mitchell, on n'a
jamais utilisé de test de grossesse et je n'ai jamais eu de
retard de règles. Le médecin a dit que j'aurais besoin d'une
intervention médicale pour tomber enceinte, alors baiser avec
Angelo sans protection n'est pas un problème.

Je me cabre et pousse sur mes genoux pour monter mon
bassin au-dessus de lui. Il lève les yeux vers moi en agrippant
mes hanches, m'arrêtant dans mon mouvement.

— Je suis à toi, Tilly, dit-il avant que j'abaisse d'un coup
mon sexe sur sa longue queue épaisse.

Il halète, se tordant sous mon corps qui rebondit vite et
brutalement. Je redresse mon dos et frotte mon clitoris sur sa
peau, me rapprochant de l'orgasme.

— Dis-le-moi encore, dis-je en me soulevant, attendant
ses mots.

Il enfonce ses doigts dans mes hanches pour essayer de
me faire bouger, mais je tiens bon.

— Je suis à toi, répète-t-il en resserrant son emprise.

Je le baise fort, vite et sans m'arrêter, en prenant appui sur
son corps, maintenant mes doigts sur ses pectoraux incroyablement durs pour maintenir mon équilibre. Je pousse un cri
quand il soulève ses fesses pour venir à ma rencontre et s'enfoncer plus profondément en moi.

— Tu es à moi, grogne-t-il, retournant la situation en frappant son sexe en moi par en dessous. Ses mains toujours sur mes hanches, il contrôle et dirige mes mouvements.

— À moi pour toujours.

CHAPITRE 25
ANGELO

TATE GRIMPE sur mes genoux et blottit son petit corps contre ma poitrine.

— Papa, dit-elle en me regardant de ses grands yeux bleus. Est-ce que Tilly va être notre nouvelle maman ?

Il n'y a pas de mode d'emploi pour répondre à ce genre de question, et c'est bien dommage. Il y a des millions de manuels pour savoir comment cuisiner, dormir ou élever des enfants sans faire n'importe quoi. Mais pas un seul n'explique comment gérer la mort d'un parent et l'introduction dans la famille d'un nouvel amour qui en vaille le coup.

Je dépose un baiser sur sa tête et respire le doux parfum de fraise de son shampoing pour enfant.

— Ma chérie, ta maman sera toujours ta maman.

Elle bat des paupières plusieurs fois et avance les lèvres.

— Je sais, mais Tilly, elle va être quoi ?

Je la serre contre moi. J'aimerais tellement qu'elle ne grandisse jamais…

— Que voudrais-tu qu'elle soit ?

Mes enfants m'ont appris beaucoup de choses dans la vie. Ils ont la faculté inébranlable de voir le bon côté des choses même dans les situations les plus noires. Ils perçoivent tout différemment des adultes, même les relations entre les gens. Ils ne s'encombrent pas des douleurs du passé, même s'ils ont enduré plus de souffrance que la plupart des enfants de leur âge.

Tate tire sur sa lèvre en me regardant.

— Est-ce qu'elle va vivre avec nous ?

Tate se projette déjà. Je ne peux pas nier avoir aussi réfléchi à ce à quoi l'avenir ressemblera. Mais on n'a pas encore parlé de vivre ensemble ou de se marier. C'est encore trop récent pour que je mette des trucs pareils sur le tapis.

Si ça ne tenait qu'à moi, je n'hésiterais pas à brûler les étapes et épouser Tilly pour être sûr qu'elle reste mienne pour toujours. Mais avec des enfants... tout est plus compliqué. Je dois envisager toutes les conséquences de mes actes pour éviter de les traumatiser.

— Pas encore.

Elle fronce les sourcils.

— Pourquoi ?

— Tilly a son propre appartement, ma puce.

— Est-ce qu'elle pourra dormir chez nous, des fois ?

Je ris doucement.

— Tu aimerais ?

Elle hoche la tête précipitamment.

— Elle est marrante.

— Et moi pas ?

— Eh bien, dit-elle en détournant les yeux. Des fois, si.

J'essaie de ne pas me laisser abattre par sa réponse, même

si elle me fait mal. Je sais bien que je n'ai pas été le plus marrant des papas, ces dernières années. J'avais la tête ailleurs et le cœur brisé. Tilly est comme une bouffée d'air frais apportant des cupcakes et des sourires, quand je passe pour le rabat-joie de service qui n'a pas toujours envie de jouer à la dînette.

— Tu as raison, dis-je en baissant les yeux sur elle. Elle est marrante.

— Elle et moi, on peut jouer aux princesses et manger des cupcakes.

On en revient à la nourriture. Elle ne pense qu'à ça.

J'aimerais vraiment que Tilly habite ici, qu'elle joue avec les enfants. Ils ont besoin du contact et de l'amour d'une femme. Quelle que soit ma détermination, je ne peux pas les combler. J'ai essayé d'être un père et une mère pour eux, mais c'est impossible.

Pour autant, je ne pense pas que mes enfants manquent d'amour. Mes parents, mes frères et ma sœur leur donnent tant d'affection qu'ils ne doutent jamais d'être aimés.

— Tu penses qu'on pourra avoir des cupcakes au petit-déjeuner, quand Tilly dormira à la maison ?

— Les cupcakes, c'est pour les desserts.

— Ça peut être pour quand on veut, répond-elle comme si c'était à elle d'en décider.

— On en parlera quand elle viendra.

Elle acquiesce.

— Tilly me plaît beaucoup, papa. Et mamie l'aime aussi.

— Ah oui ? dis-je en haussant un sourcil.

Tate a sûrement entendu plus de choses qu'elle n'aurait dû en traînant dans les parages de ma mère – et surtout dans ceux de Daphné.

— Mamie a dit qu'elle était bien pour toi.

Bien n'est pas le bon mot pour décrire tout ce qu'elle est pour moi. Elle est mieux que bien. Elle fait ressortir le meilleur de moi-même. Elle a réveillé tout l'amour qui sommeillait en moi. Je croyais rester seul pour le restant de mes jours, incapable de rencontrer quelqu'un qui comprendrait ma douleur, jusqu'à ce qu'elle arrive dans ma vie.

— Elle l'est, Tate.

— Elle me rappelle maman, dit Tate. Elle est toujours joyeuse.

Marissa avait toujours un sourire sur le visage. Elle illuminait les lieux où elle se trouvait. Tous les yeux étaient tournés vers elle, tout le monde se délectait de sa bonté. Tate tient ça d'elle ; chaque jour, je retrouve un peu de sa mère en elle. Ça me réconforte de savoir que j'aurais toujours un peu de Marissa avec moi à travers Tate.

— Moi aussi, je suis joyeux.

— Ce n'est pas vrai, répond-elle en riant avant de se tordre les mains sur ses genoux en baissant les yeux. Tu l'es maintenant, mais avant tu ne l'étais pas.

J'ai l'impression d'être un mauvais père. Je n'ai pas su bien cacher mes émotions. J'ai fait de mon mieux devant les enfants, j'ai fait de mon mieux pour les protéger de ma colère et de ma peine, mais apparemment, je n'ai pas été si bon que ça.

Je relève son menton pour voir son joli petit visage.

— Je suis désolé, Tate.

La culpabilité me suit partout, depuis la mort de Marissa. La tristesse est toujours là, mais la culpabilité est parfois suffocante. Je sais que j'aurais pu mieux faire. J'aurais dû me focaliser sur les enfants plutôt que sur ma peine, mais ça m'a pris beaucoup de temps de dépasser ma colère et ma douleur. Plus de temps que j'aurais cru ou voulu.

— Je t'aime, papa, dit-elle en me souriant.

Rien n'est meilleur au monde que d'entendre ces mots.

— Je t'aime aussi, ma chérie.

Elle se tortille pour se détacher de mes bras et glisse le long de mes jambes.

— Alors, et si on jouait aux princesses ?

Je ronchonne doucement. Je préférerais m'enfoncer des aiguilles dans les doigts plutôt que de jouer aux princesses, mais je ne peux pas décevoir ma fille. Elle me mène par le bout du nez et finit toujours par me faire faire exactement ce qu'elle veut.

— Bien sûr.

Qui pourrait lui dire non, quand elle a un visage pareil ? Je pensais qu'avec le temps, j'arriverais à imposer mon autorité, mais j'ai lamentablement échoué.

Elle est mon point faible.

— Vraiment ? demande-t-elle, bouche bée. Tu peux être Cendrillon !

Je fais un mouvement de tête en arrière et lui lance, pour la taquiner :

— Et si je veux être Belle ?

— C'est moi qui suis Belle, répond-elle en touchant sa poitrine.

— Est-ce que je peux être la Bête, alors ?

Parce qu'il faut regarder les choses en face : je fais une très mauvaise princesse.

— Je peux jouer ? demande Brax qui entre dans le salon en traînant sa couverture de naissance derrière lui sur le parquet.

Tate se retourne et le regarde un instant.

— D'accord, dit-elle en soupirant. Tu peux être…

Sa voix reste en suspens.

Je me prépare à découvrir quelle idée folle elle s'apprête à lancer, une qui va probablement faire pleurer Brax. Il y a en elle un petit démon qui se délecte de faire souffrir son frère.

— Tu peux être la tasse de thé.

Les yeux de Brax s'illuminent.

— Oui !

Ce gosse est bizarre, mais il aurait sûrement été content d'avoir le rôle d'un paillasson du moment qu'elle le laisse jouer et ne lui dit pas d'aller se faire voir.

— Vous devez m'obéir tous les deux, dit Tate en nous adressant à chacun un regard avec un air des plus sérieux. Je suis la princesse.

Ça commence mal. Déjà que Tate est autoritaire, si on lui laisse carte blanche, elle va carrément se changer en diva. Je propose :

— Et si on regardait le film, plutôt ?

Elle se tortille en mâchouillant sa lèvre.

— Seulement si je peux faire du popcorn.

— Au beurre ?

Quelle question idiote… Elle me regarde comme si j'avais trois têtes.

— Papa, qui mange du popcorn sans beurre ?

— Va chercher vos oreillers et vos couvertures. Brax et moi, on va faire du popcorn, lui dis-je, aucunement décidé à me battre avec elle au sujet du beurre.

Si je la laissais faire, elle prendrait probablement des bains de beurre.

Elle fonce vers sa chambre, nous laissant seuls, Brax et moi.

— Ça te va, de voir le film encore une fois, mon p'tit gars ?

Il acquiesce lentement et remonte sa couverture près de son visage.

— Ça fait peur, des fois…

— Viens-là, lui dis-je en ouvrant les bras.

Il se précipite vers moi, trébuchant presque sur sa couverture tout effilochée dont il ne veut pas se séparer. Même si elle est au bord de se désagréger, je n'ai pas le cœur à la lui retirer. Pas tant que ça le rend heureux.

— Je te protégerai contre la Bête, Brax. Je t'aime, dis-je en le serrant fort dans mes bras.

Ces mots-là, je ne les dirai jamais assez à mes enfants. Ils les entendent tous les jours et j'espère que quand ils seront grands et que je ne serai plus là, ils se souviendront toujours d'avoir été aimés. Je ferais n'importe quoi pour eux. Je donnerais ma vie pour qu'ils soient heureux et en bonne santé.

— Je t'aime aussi, papa.

J'ébouriffe ses cheveux bruns.

— Tu veux m'aider à faire du popcorn ?

— J'en veux rien que pour moi.

— On aura chacun notre propre bol.

Je ne veux surtout pas les voir se battre pour du popcorn. C'est notre soirée en famille, et je ne serais pas contre un peu de calme et de paix. Je ne tiens pas à ce que Tate pète les plombs parce que Brax accapare la nourriture, ou même moi, que Dieu me pardonne.

Une heure plus tard, après une seule engueulade pour savoir qui sera de quel côté du canapé, il n'y a plus de popcorn et les enfants sont hypnotisés par la télévision. Ils sont blottis contre moi et je les tiens de chaque côté. Je ferme les yeux.

CHAPITRE 26
TILLY

QUAND JE DÉVERROUILLE la porte de la boutique, j'ai la main qui tremble. Je n'ai presque pas dormi et après avoir passé une quantité d'heures hallucinante pour que tout soit prêt aujourd'hui, je me suis dit tout à coup qu'il fallait que j'engage quelqu'un pour m'aider. Je ne peux pas gérer la boutique toute seule, et je n'en ai pas envie. Du moins, plus depuis qu'Angelo est arrivé dans ma vie.

Je croyais que ce jour n'arriverait jamais.

Quand je me suis enfin décidée à ouvrir une boutique de cupcakes, je savais qu'il me faudrait du temps pour trouver l'endroit idéal, les bonnes recettes et réaliser mon rêve. Mais tout a pris plus de temps que prévu et il y a eu quelques embûches sur le chemin.

Au départ, j'avais signé un bail à quelques pâtés de maisons d'ici, mais suite à un problème électrique, l'immeuble a brûlé, ce qui a repoussé mon projet. J'étais horrifiée, j'ai pleuré pendant des jours et je croyais ne jamais retrouver un nouvel endroit. Tous les efforts que j'avais fournis semblaient vains, comme si mon rêve était devenu hors de portée.

— C'est le grand jour, annonce Roger en arrivant derrière moi.

— Tu ne m'aides pas…

Je lisse le devant de ma jupe. Puis, je prends une profonde inspiration et me retourne vers lui.

— De quoi j'ai l'air ?

— D'une fille sexy, répond-il avec un sourire en coin. Tu plairais à Angelo.

C'est fou, la vie… J'étais dévastée après l'incendie, mais s'il n'avait pas eu lieu, je n'aurais jamais rencontré Angelo Gallo. Tellement de choses seraient différentes, mais surtout : ma vie et mon cœur ne seraient pas si comblés.

Je grimace en déclarant :

— Je ne visais pas le look sexy.

Roger pouffe.

— Dans ce cas, tu aurais dû porter des Crocs et une blouse, parce que cette tenue, me dit-il en me désignant de la tête aux pieds du bout du doigt, est un appel au sexe.

Je le toise rapidement.

— Pourquoi est-ce que je te supporte ?

— Parce que tu t'ennuierais, sans moi.

Il avance vers moi et pose ses mains sur mes épaules, les bras tendus, pour me maintenir face à lui.

— Soyons sérieux une minute…

Je hoche la tête en déglutissant, nerveuse.

— Je suis fier de toi, Tilly. Mitchell serait fier de toi, lui aussi.

Mon nez pique et ma vue se trouble.

— Ne me fais pas pleurer.

Il resserre sa prise sur mes épaules.

— Il n'est pas question de pleurer, ma chérie. C'est incroyable, ce que tu as fait là. Regarde autour de toi. Tout ça, c'est grâce à toi.

Il me fait tourner sur moi-même et je parcours la pièce des yeux, me rappelant le jour où j'ai eu les clés. Cet endroit était dans un état déplorable, il n'y avait pas un centimètre carré qui n'avait pas besoin d'être réparé ou repeint.

— Et si ça ne marche pas ?

— Ça va marcher, dit Roger.

J'aimerais partager son optimisme, mais je connais les risques d'ouvrir un commerce, surtout sur le marché déjà bondé, voire saturé, de Chicago.

— Maintenant, prends une grande inspiration et essaie de te détendre.

Je me marre. Me détendre ? Sérieusement, qui peut se détendre après avoir misé jusqu'à son dernier centime dans l'ouverture d'un nouveau commerce ? Il n'est pas question de détente, parce que si les clients ne remplissent pas la boutique chaque jour pour acheter mes cupcakes, je serai ruinée.

— Ce quartier avait besoin d'une jolie petite pâtisserie comme celle-là. En plus, tu as déjà signé des contrats de restauration.

— Je vais rester positive. Je vais y arriver, dis-je en acquiesçant.

Roger regarde au-dessus de moi vers la porte.

— Regarde qui voilà.

Je jette un coup d'œil par-dessus mon épaule et ouvre de grands yeux. Roger lâche mes épaules.

— On dirait bien que tu as des clients.

— On voulait être les premiers, dit Betty en entrant dans la boutique, suivie par la famille au complet.

— Je n'arrive pas à croire que vous soyez tous venus, dis-je précipitamment, presque incapable de tenir en place.

Tate est la première à me rejoindre.

— J'adore tes cupcakes, dit-elle en levant les yeux vers moi.

Elle me caresse dans le sens du poil, mais je mentirais en disant que ça n'a pas d'effet sur moi. Mon Dieu, je ne sais pas comment son père arrive à lui dire non à quoi que ce soit. Elle a un visage tellement craquant, et elle a le même sourire que son père.

— Est-ce que je peux en avoir un ? demande-t-elle alors que je touche le ruban rose qu'elle a dans les cheveux.

— Bien sûr.

Je m'accroupis pour me mettre à la hauteur de la petite princesse italienne.

— Quel parfum ?

Angelo vient se placer derrière Tate et pose ses mains sur ses petites épaules.

— Tate, si tu allais choisir celui que tu veux ? Je voudrais parler à Tilly une seconde.

Je lève les yeux vers son beau visage. Six mois en arrière, je me sentais seule, je voulais ouvrir un commerce pour m'occuper et m'empêcher de penser au vide dans ma vie. Et aujourd'hui, mon univers est rempli par une grande famille italienne un peu folle et par cet homme qui m'a rappelée ce que voulait dire être aimée.

— Viens, mon petit cœur. Allons choisir de bons cupcakes, dit Betty en prenant Tate par la main pour l'éloigner et nous laisser un peu d'intimité.

— Est-ce que je peux en avoir plusieurs ? demande Tate à sa grand-mère.

Je me relève en riant et me retrouve face à face avec l'homme qui m'a fait tourner la tête. Je dis doucement :

— Salut.

Il se rapproche et m'embrasse.

— Salut, toi, dit-il en me regardant de ses beaux yeux bleus. À quelle heure ferme la boutique ?

— À sept heures.

— On va fêter ça. J'apporterai le champagne, me dit-il en me regardant droit dans les yeux.

— J'apporterai le glaçage, dis-je en remuant les sourcils, ce qui le fait sourire.

Lucio s'éclaircit la gorge.

— Ça suffit, maintenant. Il y a des enfants, ici.

Angelo donne une claque sur la poitrine de Lucio d'un revers de la main et je m'esclaffe.

— Ne sois pas rabat-joie, lui dit Angelo.

— Cet endroit est incroyable, dit Daphné qui se tient au milieu de la boutique, bouche bée. C'est le rêve de toutes les petites filles !

Je glousse et montre Tate d'un signe de tête.

— Elle l'aime bien, en tout cas.

— Cette enfant est un puits sans fond, dit Daphné en levant les yeux au ciel.

— Elle est adorable.

— Elle veut que tu viennes dormir à la maison, me dit Angelo, me prenant complètement au dépourvu.

J'écarquille les yeux.

— Vraiment ?

— Vraiment. Et elle veut des cupcakes pour le petit-

267

déjeuner, dit-il en m'entourant la taille avec son bras pour se tenir à mes côtés. Je pense que je ne serais pas contre, si tu étais à la maison.

— Tu as beau être un papa super, je pense que ça lui manque d'avoir une fille dans les parages, dis-je en lui donnant un petit coup de hanche. Pour jouer à la dînette et se déguiser en princesse.

— J'ai d'évidentes lacunes en matière de princesse.

Je pose ma tête sur son épaule et reste comme ça, à regarder sa famille manger des yeux les cupcakes à travers la vitrine.

— Merci d'être là aujourd'hui, dis-je à Angelo. Ça compte beaucoup pour moi. Je n'en reviens pas que tout le monde soit venu.

— Les Gallo font tout en groupe, ma chérie.

— Je finis par m'en rendre compte.

Après avoir perdu mes parents, je n'aurais jamais cru faire à nouveau partie d'une entité familiale. Les parents de Mitchell vivent dans les Caraïbes, préférant le soleil et les eaux turquoise au froid de Chicago. J'ai Roger, que je considère comme mon propre frère, mais les vacances ne sont jamais très drôles quand on n'est pas nombreux. Alors qu'avec les Gallo… On les croirait tout droit sortis d'un conte de fées.

Angelo entre dans la cuisine juste après sept heures et se fige. Il hausse un sourcil et sourit en coin en me découvrant habillée seulement d'un tablier, perchée sur mes talons aiguilles.

Je montre d'une main le petit buffet avec les glaçages de différentes couleurs que j'ai élaborés.

— Pose le champagne et enlève ton pantalon.

Son regard s'enflamme tandis qu'il défait son pantalon et le baisse sur ses jambes sans me quitter des yeux. Je le prends par la main et l'attire vers la table.

— Assieds-toi ou reste debout, mais j'ai le pressentiment que tu risques de ressentir une certaine faiblesse dans les jambes.

J'ai un sourire narquois, sachant que je m'apprête à lui donner tant de plaisir avec ma bouche qu'il aura du mal à tenir debout.

Angelo fait un petit saut pour s'asseoir sur la table et sursaute légèrement au contact de l'acier froid contre ses fesses.

— Putain, grogne-t-il.

Je saisis sa queue dans ma main, lui faisant oublier la froide morsure de l'acier.

— C'est là que ça devient salissant…

Ses yeux s'illuminent.

— Je n'ai jamais eu peur de me salir.

Je passe ma langue sur mes lèvres et son sexe se contracte dans ma paume. Il approche ses mains de moi, mais je fais non de la tête.

— Bas les pattes, monsieur.

Il grogne en me voyant attraper le premier bol de glaçage et plonger deux doigts dedans.

— Je dois tester de nouvelles recettes, et il n'y a qu'une fille qui puisse en manger autant.

— Combien ? demande-t-il en ouvrant de grands yeux.

— Cinq, dis-je en badigeonnant son gland de glaçage à la framboise.

Il grommelle de plaisir en me voyant ensuite mettre mes doigts dans ma bouche pour lécher ce qu'il reste de crème. Je le fais lentement, contemplant sa douce torture alors qu'il suit des yeux les mouvements de ma bouche.

J'attrape ensuite un bol rempli de pépites de chocolat et le rapproche.

— Je vais me régaler…

Quand le dernier copeau de chocolat tombe sur le glaçage, je me penche en avant et passe lentement ma langue sur le bout de son sexe, sans pénétrer la masse de crème, mais juste assez pour le rendre fébrile et faire accélérer son souffle.

Il s'agrippe de ses doigts au bord de la table en essayant de rester calme.

— Mon Dieu, Tilly, dit-il d'une voix tremblante. Tu veux me tuer…

— Hmmm, dis-je avant de le lécher une fois encore. Il manque quelque chose…

— Peut-être ma queue dans ta bouche, dit-il tandis que je me redresse en délaissant son sexe palpitant.

— Chut, ne bouscule pas le Maître pâtissier.

Je saisis une bouteille de sirop de citron et la renverse au-dessus de sa queue, laissant la préparation visqueuse dégouliner sur les côtés. Je lèche mes lèvres, impatiente de le prendre dans ma bouche.

— Ça devrait être bon.

Il ne dit rien mais me supplie du regard. Sa respiration devient chaotique alors que je pose mes mains à plat sur la table de part et d'autre de ses jambes, surplombant son beau sexe, la bouche ouverte.

— Tellement bon, putain… répond-il.

Du bout de ma langue, je lèche la première couche de glaçage. Quand il enfouit ses doigts dans mes cheveux, je ferme mes lèvres autour de son gland et le suce en remontant vers le bout au lieu de descendre le long de son sexe. Ses fesses se soulèvent de la table et il inspire une bouffée d'air en agrippant mes cheveux, avant de lâcher :

— Oh putain !

Je le prends dans ma bouche et le suce jusqu'à enlever la dernière goutte de glaçage sur sa peau. Il tremble, au bord de jouir, prêt à exploser, mais ma séance de test n'est pas terminée. Quand ma bouche glisse pour le libérer, il me supplie :

— N'arrête pas.

Je secoue la tête.

— Il me reste encore quatre parfums.

Il pousse un grognement et se laisse tomber à plat dos sur la table, ses jambes pendues dans le vide.

— Fais-toi plaisir, dit-il, et je suis plus que ravie d'obéir.

Je n'ai pas encore fini d'avaler la crème à la cerise et aux trois chocolats dont j'ai enduit son membre quand il se redresse.

— Ça suffit, dit-il en sautant de la table pour m'attraper par la taille.

Il me retourne d'un mouvement rapide et me plaque sur la table.

— Je veux te pénétrer, dit-il en appuyant sur mon dos, obligeant ma poitrine à se coller au métal froid.

Il presse son sexe contre le mien en enroulant mes cheveux dans sa main.

— Tu es vraiment une allumeuse, ma belle.

Je tremble d'impatience. Je le regarde par-dessus mon épaule avec un sourire provocateur.

— Donne-moi une bonne leçon, alors…

J'ai à peine le temps de finir ma phrase avant qu'il s'enfonce en moi, coupant court à mon sarcasme. Le bord de la table percute mes hanches alors qu'il entre en moi par des coups de reins de plus en plus forts et profonds.

Je me recule à sa rencontre, lui rendant coup pour coup, et nos corps se rejoignent en parfaite harmonie. C'est comme ça que ça doit être : bestial, sexy, me donnant un plaisir tel que je peux à peine tenir sur mes jambes.

Il passe sa main autour de moi et la glisse entre mes jambes pour la poser sur mon intimité.

— Elle est à moi, dit-il.

Qui suis-je pour le contredire ? Il me possède toute entière.

Quand ses doigts pincent mon clitoris, je chavire totalement, tremblant convulsivement. L'orgasme me submerge jusqu'à me faire quasiment tomber dans les pommes.

Il s'effondre sur mon dos, à bout de souffle, étant sans aucun doute allé au bout de son propre orgasme.

— Putain, c'était le Paradis, murmure-t-il la bouche contre ma peau.

C'est exactement ce que je ressens quand je suis avec Angelo. Je suis au septième ciel.

CHAPITRE 27
ANGELO

— ON EST À VEGAS ! dit Vinnie qui se tortille sur sa chaise, incapable de rester immobile. Je n'aurais jamais cru que ce jour arriverait.

C'est le jour des sélections de football, un événement que j'ai regardé chaque année à la télévision depuis que je suis gosse. Je n'aurais jamais imaginé me retrouver ici un jour à attendre que mon petit frère soit appelé pour jouer dans une équipe professionnelle.

Tilly s'accroche à mon bras.

— Il y a tellement de monde, ici…

Je jette un coup d'œil autour de nous. La salle est bondée, il doit y avoir un millier de personnes serrées là comme des sardines – si ce n'est pas plus. J'attire Tilly contre moi.

— Je n'ai jamais vu un truc pareil.

— Vegas est un monde à part, dit-elle en secouant la tête.

— Le football aussi.

Rien n'est comparable au jour des sélections, et le fait qu'il ait lieu à Vegas cette année rend les choses encore plus démentes et démesurées.

— Dieu, faites que Chicago appelle mon nom, dit Vinnie en frottant ses mains l'une contre l'autre, les yeux fermés. S'il vous plaît.

— Ça serait super que tu reviennes à la maison, mon p'tit, lui dit Daphné en lui caressant le bras pour tenter de l'apaiser.

— Vous m'aimerez toujours si Green Bay me sélectionne ?

Lucio mime un haut-le-cœur.

— Ça serait difficile. Honnêtement, frangin, je ne serais pas capable de porter le maillot vert et or, même avec ton nom dans le dos.

— Je croyais que Chicago, c'était là où il y avait cette tarée que tu essayais d'éviter, lui dis-je.

— C'est la fille du président de l'équipe.

— T'avais pas dit qu'elle était chaude ? demande Lucio, confus, parce qu'il n'était pas là quand Vinnie nous a raconté ce qu'il s'est vraiment passé.

Un soir à la Cité universitaire, la fille en question s'est débrouillée pour entrer dans la chambre de Vinnie. Elle l'a attendu, complètement nue. Quand il est arrivé, elle s'est quasiment jetée sur lui pour lui déclarer sa flamme en prétendant qu'ils étaient faits pour être ensemble. Heureusement, bien qu'étrangement, Vinnie a appelé la sécurité au lieu de baiser la fille. Ce qui est très surprenant venant de Vinnie qui ne dit jamais non pour s'envoyer en l'air.

Mais l'intervention de la sécurité n'a pas empêché la fille de revenir sur le campus, pas plus que les tentatives répétées de Vinnie pour lui faire comprendre qu'il ne voulait rien avoir affaire avec elle. Elle s'est entêtée, n'ayant apparemment d'yeux que pour lui.

Vinnie se frotte le front en grimaçant.

— Si par chaude, tu entends complètement dingue, alors oui.

— C'est vrai que tu attires des filles d'un genre particulier, dis-je en me retenant de rire.

— Vous ne croirez jamais qui on vient de voir, dit Pop en tirant la chaise à côté de Vinnie à l'attention de ma mère.

— Qui ? demande Leo en levant son nez de son téléphone, prenant enfin part à la conversation.

— Ditka, annonce Pop avec un grand sourire. Je n'aurais jamais cru le revoir après ce qu'il s'est passé.

Je hausse un sourcil.

— Qu'est-ce qu'il s'est passé ?

— Crois-moi, tu ne veux pas le savoir, dit Pop en s'asseyant sur une chaise à côté de Ma.

Il boit une gorgée de sa bière en évitant mon regard. Avec le passé crapuleux de mon père, tout est possible. Il ne s'est jamais vraiment épanché sur ses affaires et je ne suis pas mécontent de ne pas tout savoir. Certaines choses ne sont pas faites pour être partagées, même en famille.

— Je suis si fière de toi, mon beau, dit Ma en caressant la joue de Vinnie.

— Ma, il y a des caméras, répond Vinnie en détournant le visage. Pas ici. Tu bousilles ma crédibilité.

Son regard se rétrécit et elle déclare, la main en suspens :

— Je me fiche de ta crédibilité ! Je te ferai même un bisou, si ça me chante.

Vinnie se met à grogner en voyant la caméra qui était à l'autre table se tourner vers lui.

— Prochaine sélection : Chicago, annonce le présentateur au micro tandis que le Président de la Ligue de Football américain arrive sur scène. En dixième choix du premier tour, Chicago a sélectionné…

Bien qu'il y ait des gens debout dans la salle en train de scander *Chicago*, on pourrait entendre une mouche voler à notre table. C'est la première fois que je vois la famille Gallo complètement silencieuse.

— Vinnie Gallo, quarterback de…

Il est impossible d'entendre la suite de la phrase, parce que les fans de Chicago et les membres de ma famille ont bondi sur leurs pieds et crient à s'époumoner.

Quand Vinnie se lève, Ma lui prend le visage à deux mains et le couvre de bisous devant tout le monde. Il ne la repousse pas. Il en prend son parti, déjà parce qu'il aime sa mère et parce qu'il ne veut pas passer pour un gros con devant les millions de gens qui le regardent.

Quand elle le relâche enfin, il rejoint la scène à petites foulées pour rejoindre le manager de l'équipe et mettre la casquette du club pour les photos.

— Incroyable, dis-je à voix basse.

Il l'a fait.

Non seulement il va jouer pour l'équipe de notre ville, mais en plus il a été choisi au premier tour, ce qui veut dire qu'il est la crème de la crème. À voir mon petit frère sur scène, j'ai presque les larmes aux yeux.

Tilly se colle à moi et crie plus fort que je ne l'ai jamais entendue crier :

— Allez, Vinnie !

Je baisse les yeux vers elle.

— Oui, putain ! crie Daphné, mais on l'entend à peine dans le brouhaha qui s'élève de notre table.

Quelques personnes nous regardent de travers, mais peu importe. Ils peuvent aller se faire foutre.

Le moment est grandiose mais fugace, parce qu'il est déjà l'heure de passer à la sélection suivante.

— Il a réussi, dit Ma en tapant dans ses mains. Mon bébé rentre à la maison.

Mon père l'entoure de ses bras.

— Oui, ma chérie. Il a un bel avenir devant lui.

S'il entend par *bel avenir* une tonne de fric, une fille complètement dingue et des chevilles sûrement dix fois plus grosses qu'elles ne l'étaient déjà… alors, oui.

— On doit fêter ça, dis-je, conscient d'être à Vegas, la ville qui ne dort jamais.

Je veux profiter à fond de ce week-end sans enfant, comme tout le monde à cette table. C'est vraiment rare qu'on ait tous cette liberté. C'est tante Fran qui a insisté pour garder les enfants avec Bear quelques jours.

— Oh, merde, dit Daphné en montrant du doigt la fille du président de l'équipe qui attend Vinnie près des escaliers.

— Putain, dis-je dans un grognement, parce que si elle est là, les problèmes ne sont pas loin.

La dernière chose dont Vinnie a besoin, c'est d'une fille folle à lier qui le poursuit et le distrait alors qu'il commence à peine sa carrière.

Tilly resserre ses mains autour de mon bras et dit en suivant mon regard :

— Elle n'a pas l'air si terrible.

— Elle est pire que la peste.

— Je crève de faim, dit Pop en passant ses mains sur son ventre, regardant ma mère qui ne lui prête aucune attention.

Allons manger, et on commencera les hostilités après. J'ai un ami…

— Ah non, intervient Lucio en secouant la tête, les mains levées. On n'ira pas dans un troquet de mafieux. On va éviter tes vieux *potes*.

Les types de la mafia ont fait de Vegas la ville qu'elle est, et elle n'est pas plus clean aujourd'hui qu'il y a cinquante ans. Le business est juste devenu souterrain pour échapper aux yeux du public et au contrôle des autorités. Mon père a l'air de connaître du monde où qu'on soit dans cette ville, et ce n'est pas dû à son charme naturel.

— Choisis l'endroit, alors, dit Pop à Lucio.

— Avec Angelo, on a déjà réservé pour le dîner. Pour le reste de la soirée, on improvisera au fur et à mesure. On est à Vegas et je ne tiens pas à planifier une nuit de décadence alcoolisée, ajoute Lucio en jetant un regard à Delilah. J'ai envie de profiter un peu de ma femme.

Delilah passe les bras autour de son cou et lui murmure quelque chose à l'oreille. Vu l'expression sur son visage, ça a l'air sulfureux, et tout à fait dans le ton de ce que je prévois pour ma propre fin de soirée, sans Delilah et Lucio évidemment.

— Vinnie dit qu'il nous rejoint au restaurant, dit Ma en regardant son portable. Allons-y. Il ne se passera rien de plus ici.

Je dois lui donner raison. Aucune autre sélection ne m'apportera les sentiments de fierté et de joie que j'ai ressentis en entendant appeler le nom de mon petit frère.

Daphné se lève et place son sac à main sous son bras.

— C'est parti. L'apéro m'attend, dit-elle.

— Ça sent la gueule de bois, dit Tilly en glissant sa main dans la mienne. Ne me laisse pas trop boire.

— Je veillerai sur toi, ma chérie, dis-je près de ses lèvres. Toujours.

———————

Autour de la table du restaurant chic de notre hôtel, tout le monde examine le menu en silence. On boit du champagne à petites gorgées pour passer le temps en attendant que Vinnie en finisse avec la presse et nous rejoigne. La journée est déjà à marquer d'une pierre blanche et il ne manque plus qu'une chose pour la rendre parfaite.

Quelque chose que je veux faire depuis des semaines, mais que j'ai repoussé, n'ayant pas encore eu les couilles ou la bonne opportunité pour me jeter à l'eau. Ce n'est pas l'endroit le plus romantique pour le faire, mais je ne pense pas que Tilly s'en souciera.

Je me lève et repousse ma chaise en arrière avant de mettre un genou à terre. Tilly écarquille les yeux. Elle me voit venir. Je saisis la bague que je porte dans ma poche tous les jours, attendant le bon moment pour la sortir.

— Tilly, me ferais-tu l'honneur de devenir ma femme ?

Tilly pousse un léger cri et ses yeux s'emplissent de larmes.

— Taisez-vous, dit Daphné aux autres avant de regarder la bague par-dessus l'épaule de Tilly.

Dis oui, la supplie-t-elle.

Tilly couvre sa bouche d'une main et me regarde. Des larmes roulent sur ses joues.

— Oui, chuchote-t-elle si doucement que je l'entends à peine.

Je détache sa main de son visage et lui passe au doigt la bague avec un diamant de deux carats taille princesse.

— Je t'aime, Tilly.

Elle se laisse tomber sur mes genoux et me renverse presque.

— Je t'aime, Angelo. Oui, oui, je veux être ta femme.

CHAPITRE 28
TILLY

JE M'AVANCE devant le miroir sur pied et cligne des yeux plusieurs fois. Je n'aurais jamais cru me revoir comme ça, vêtue d'une robe merveilleuse en soie et en dentelle.

La porte s'ouvre et j'entends un petit cri.

— Comme tu es belle ! dit Tate qui se tient dans l'entrée aux côtés de sa grand-mère.

Elle ressemble vraiment à une petite princesse dans sa robe en dentelle rose parfaitement assortie à la mienne, avec le diadème en cristal que je lui ai acheté pour l'occasion. C'est un grand jour pour Tate et Brax, autant que pour Angelo et moi. Leur vie va complètement changer, comme la mienne.

Je me tourne vers elle et lui fais signe d'approcher.

— Viens-là, mon ange.

Elle se précipite vers moi et m'entoure de ses bras minuscules en plongeant son visage dans ma robe.

— Je suis tellement contente, dit-elle.

Comme je voudrais lui parler avant la cérémonie, je demande à Betty :

— Vous pourriez nous donner une minute ?

— Bien sûr, chérie, répond Betty en hochant la tête avant de refermer la porte derrière elle pour nous laisser seules.

Je prends Tate par la main et la guide vers la banquette. Elle me saute quasiment sur les genoux, n'ayant que faire de nos tenues apprêtées. Elle balaye ses longs cheveux bruns en arrière d'un revers de main et lève vers moi ses grands yeux bleus. Je lui demande :

— Tu es prête ?

Elle hoche la tête en tremblant et me répond en murmurant pour arriver à contenir son excitation :

— Je suis si heureuse...

— Comment tu trouves ton père ?

— Il est très beau !

Angelo est toujours beau, quoi qu'il porte. Même en pantalon de pyjama, il défie toute concurrence. Et quand il ne porte rien... n'en parlons pas.

— Il va bien ?

— Il est impatient, répond-elle en acquiesçant rapidement.

Rien n'est plus important pour moi que le bonheur de cette petite fille, alors je lui demande :

— Et toi, tu es contente ?

Elle se tourne sur mes genoux et pose sa main sur ma peau au-dessus de mon décolleté en cœur.

— Oui.

— Tant mieux, dis-je en la serrant contre moi.

J'embrasse ses joues rondes en prenant garde à ne pas abîmer mon maquillage en la barbouillant de rouge à lèvres. Elle touche le petit diamant que je porte en pendentif.

— Brax et moi on a une question à te poser, dit-elle d'une façon tellement mature.

— Tout ce que tu voudras, mon ange.

Elle baisse les yeux un instant et puis se lance :

— On veut savoir si on peut t'appeler maman.

Ma vue se trouble. Pas une seconde je n'aurais imaginé qu'elle me poserait cette question juste avant qu'on marche vers l'autel. Mon cœur s'emballe et je déborde de tant de joie et d'amour que j'ai peur d'exploser.

— Vous aimeriez ?

Je peux à peine prononcer ces mots sans fondre en larmes.

— On a besoin d'une maman, répond-elle en acquiesçant.

— Vous en avez une, mon cœur, dis-je en poussant une mèche de ses cheveux derrière son épaule. Elle n'est peut-être pas là avec vous, mais elle sera toujours votre maman.

— Cole a deux mamans.

— Oui, il en a deux.

Je n'ajoute rien. Puis, je prends son visage au creux de mes mains.

— Je serais la femme la plus heureuse du monde de t'avoir comme fille, Tate. Rien ne pourrait me faire plus plaisir.

Son corps vibre d'excitation.

— C'est le plus beau jour de ma vie, dit-elle.

— C'est presque l'heure, dit Roger depuis l'entrée. Tu es prête ?

Il est magnifique, dans son costard immaculé et hors de prix.

— Une seconde… dis-je avant de reporter toute mon attention sur Tate que j'entoure tendrement de mes bras. Je t'aime, Tate.

— Je t'aime aussi, maman, répond-elle.

Puis, elle se défait de mon étreinte, file vers la porte et passe près de Roger. Les larmes que j'ai contenues in extremis se mettent à couler et gagnent en intensité alors que le pouvoir et l'importance de ses derniers mots me frappent de plein fouet.

— Oh, merde ! Ne pleure pas ! Tu vas ruiner ton maquillage, dit Roger en se dirigeant vers moi, prenant au passage un mouchoir dans une boîte près de la porte.

— Tu l'as entendue ?

Je baragouine ma question avec un visage tout chiffonné, dans la pire grimace de lamentation de tous les temps. Ce n'est pas beau à voir et je suis soulagée qu'elle ait attendu qu'on soit seules pour me dire ces mots-là.

Roger acquiesce.

— Cette enfant a le chic pour choisir le bon moment, dit-il en riant avant de se pencher vers moi pour me donner le mouchoir.

Je l'appuie sur mon visage en faisant attention à ne pas étaler mon maquillage qui, je suppose, a déjà coulé sur mes joues. Roger plonge une main dans sa poche et en ressort deux enveloppes.

— J'ai deux lettres pour toi, aujourd'hui.

Je hausse les sourcils. J'ai bien peur qu'on n'ait pas fini d'ouvrir les vannes.

— Une qui vient du passé et une de ton avenir, déclare-t-il en les posant dans ma main. Prends le temps de les lire. Les gens attendront.

— Regarde-moi, dis-je à travers mes larmes en remarquant tout le mascara sur le mouchoir.

— Je vais appeler Martin. C'est le meilleur maquilleur de travestis de Chicago. Il pourra arranger ça.

Je ris et pleure à la fois en serrant les enveloppes.

— Respire, Tilly.

J'inspire en essayant de me calmer, même si c'est impossible. Et je doute qu'il y ait dans ces enveloppes de quoi arrêter mes larmes.

— Je reviens dans quelques minutes, dit Roger en tapotant mes mains avant de s'en aller vers la porte.

Je le regarde sortir et prends une autre profonde inspiration. Une fois seule, je baisse les yeux sur les deux écritures masculines en essayant de me préparer à vivre un autre chamboulement émotionnel.

Je pose la lettre d'Angelo avec précaution sur mes genoux avant d'ouvrir celle de Mitchell.

Tilly,

Ceci n'est pas un adieu. Un amour comme le nôtre n'aura jamais de fin, il sera à l'image des plus grandes galaxies de l'univers, mais avec des trajectoires différentes.

Aujourd'hui, c'est le jour de ton mariage. J'y ai pensé en prenant certaines dispositions au cas où il m'arriverait quelque chose. Je me doutais que tu pleurerais mon absence et te fermerais au monde. Mais j'espérais que Roger t'aiderait à t'en remettre en te rappelant toutes les bonnes raisons de vivre.

Si tu lis cette lettre, c'est que tu as retrouvé l'amour. Je n'ai plus besoin de m'inquiéter en te sachant seule. Je peux reposer en paix, rassuré de savoir qu'il y a quelqu'un qui t'aime comme tu mérites d'être aimée.

Je veux que tu saches que je suis heureux. C'est un jour

de fête, il n'y a pas de place pour les regrets. Arrête de pleurer ce que tu as perdu et regarde tout ce que tu as gagné.

On a de la chance d'avoir connu le grand amour dans notre vie. Béni soit le jour où je t'ai rencontrée. Mais tu as trouvé quelque chose de rare à nouveau. Accroche-toi à ça. Prends-en soin. Donne le meilleur de toi-même et souviens-toi que chaque instant est précieux.

Je serai avec toi aujourd'hui et pour toujours. Même si tu ne me vois pas et ne peux pas me toucher, je veillerai sur toi jusqu'à ton dernier souffle.

Quand tu feras ton premier pas dans l'allée qui mène à l'autel, regarde vers l'avenir sans penser au passé. Tourne le dos à la douleur, enterre la peine et marche vers le futur.

Vis ta vie pleinement.

Sois fière.

Aime avec force et intensité.

Et sache que je t'aimerai toujours.

À toi pour toujours,

Mitchell

— Je t'aime, Mitchell, dis-je dans un murmure en repliant la lettre avec précaution. Pour toujours.

Des bribes de notre vie ensemble défilent dans ma tête, comme un film en accéléré. Tant d'amour. Tant de bonheur. Puis la douleur de l'avoir perdu pour toujours.

Je prends l'enveloppe d'Angelo et en retire la lettre en fermant les yeux.

Tilly,

Quand tu marcheras vers l'autel aujourd'hui, je ne regarderai que notre avenir. Même si nos passés douloureux nous ont rapprochés pour forger un amour et une compréhension mutuelle qu'aucun autre couple ne peut comprendre, nos âmes seront unies à jamais dans la joie et l'amour.

Nos passés nous définissent. On ne peut pas effacer ce qui nous est arrivé ni oublier ce qu'on a perdu. Mitchell et Marissa feront toujours partie de qui nous sommes en étant cette force qui nous a poussés l'un vers l'autre.

Aujourd'hui, je te prends pour femme, te faisant mienne pour toujours et me donnant à toi tout entier. Non seulement je te donne mon âme, mais aussi ma famille. Tate et Brax sont fous de toi et je sais que tu les aimeras comme tes propres enfants.

Je te protégerai toujours envers et contre tout et ferai de mon mieux pour t'éviter toute souffrance jusqu'à mon dernier souffle.

Merci d'être entrée dans ma vie et de m'avoir ouvert ton cœur pour me prouver que l'amour était encore possible. Un jour, j'ai cru que mon cœur était mort à jamais, mais tu l'as ramené à la vie et grâce à toi, je suis entier à nouveau.

Maintenant, viens me rejoindre, mon amour. L'avenir nous attend.

Je t'aime, Tilly.

À toi,

Angelo

Merci d'avoir lu Accro.
La saga familiale continue avec TUMULTE !

Chelle est une écrivaine à temps plein éprise de légèreté, accro aux réseaux sociaux et au café. C'est une ancienne professeure d'histoire.

Vous trouverez plus d'informations sur les livres de Chelle sur menofinked.com.

Recevez ma newsletter en vous inscrivant sur
menofinked.com/french

Rejoignez mon Groupe de Lecteurs Privé sur Facebook :
facebook.com/groups/blisshangout

Vous souhaitez m'écrire quelques mots ?

facebook.com/authorchellebliss1

instagram.com/authorchellebliss

bookbub.com/authors/chelle-bliss

goodreads.com/chellebliss

tiktok.com/@chelleblissauthor

amazon.com/author/chellebliss

pinterest.com/chellebliss10